恐龙德克之龙立方

黄 鑫 ○著

百花洲文艺出版社
BAIHUAZHOU LITERATURE AND ART PRESS

目录 contents

引 子

　　格林村是个小村子，建在沙漠中一处不多见的绿洲上。

　　格林村四周架满了密密麻麻的荆棘，显得固若金汤。村子里的每一栋民宅，都连接着一个偌大而方正的羊圈，鳞次栉比，井然有序。格林村民的祖上本是游牧部落，周围的大部分草原变成沙漠后，后裔们才慢慢进化成了固定的养殖户，他们利用上百年的时间，打造出了这个温馨而和谐的村落。

　　这里的村民全部以养羊为生，家家户户少不了狗。

　　这里有个雷打不动的死规定：严禁吃狗肉。

　　《村规》一代代严格地执行下来，百年过后，竟衍生成了一种更为崭新的气象：格林村里甚至都不吃羊肉，而且羊和狗眼瞅着就要与人类平起平坐了。狗杀不得自不必说，家家户户喂养的羊群，村民们也只是拿它们的羊羔，送到与格林村有着相同村规的邻村，去换取粮食、盐巴等适量的生活必需品，而绝不能用来屠宰吃肉。它们世世代代生活在格林村里，享受着与人类同等的待遇，包括文明的进化，它们甚至可以学说话，可以有思想，可以在不同物种间进行包括"学术"在内的交流及激烈辩论，它们死后，主人们甚至可以为它们申请到一块免费的布满水草的单身墓地，而且人类在所有正式文书中称呼"它"们时，必须用"他"们。

格林村的村长，叫作格林。

某一届格林甚至制止了格林地位的世袭，以后的历届格林，必须在上一任格林死后，由村民、羊民和狗民组成联合大会选举产生。所以原则上，"格林"可能是一个人，也可能是一只羊或一条狗。

格林村的家畜就这样世世代代享受着一切优厚得无以复加的超常待遇。

格林村。

人与狗形影不离了几百年，终是相安无事，风平浪静，各自家丁兴旺，小日子过得和谐而生机勃勃。村子的环境也有了巨大的改观，非但寻不到半点沙漠的荒芜，那绿的树、清的水、蓝的天、每个清晨不含一粒沙尘的薄雾与微风……即便在地图上，这儿依然只是沙漠腹地里一块巴掌大的绿洲，但它终是与围墙外的世界隔绝。

如此天堂般的安逸生活，维持了很久很久，直到村子里出生了一只叫作"德克"的小狗。

德克的妈妈好像并没有自己的名字，她在德克出生前曾被叫过"虎克妈""伊克妈""尼克妈"等等。但她在给自己最后一

个孩子起名叫德克时，并没料到这会是自己的最后一个孩子。村里其他的人和狗也没料到。

谁会料到呢？德克妈看上去那么年轻，那么健康，那么有人缘。

小德克一出生便是条不同寻常的狗。严格说来，他甚至都算不上一条"狗"。狗一般是不可能浑身上下一毛不生的；狗也不会有那么短的总是躲在牙齿里面的短舌头；而且狗狗家族本该粗壮而黝黑的鼻头，在德克脸上也生得修长还泛着绿光，尤其那绿光，无论在有没有月亮的黑夜里，都很扎眼。

没人认为那是一只狗鼻子，谁都会说，那只是一撮儿鬼火而已。

正在为格林村守夜的德克妈妈一声呼唤，小德克便一路颠颠儿地跑来。"鬼火"上下跃动着，令狗族原本祖传的亮炯炯的眼神彻底失了神采。德克妈一声轻叹，但还是像对待她喂养大的每一个儿女那般，将德克轻柔地揽在怀里，小心爱抚着……

德克短暂的童年，就在如此短暂的幸福、快乐和温馨中，一晃而过。

这成为德克对格林村唯一的留恋。

一、德克的心事

1

德克敢说，沙漠里的夜晚是最美的。

那神秘莫测的夜幕里，总有或圆或缺的月亮，有稠稀无常的星星。不刮风，它们也总是干干净净的。它们还非常守时守信，哪怕在这个最寒冷的冬天里，也不逃离。

德克本是饥寒难耐，但每每抬头望一眼那熙熙攘攘的夜空，心头便会莫名冒出一丝丝暖意。德克喜欢沙漠的夜空，尤其独自想心事的时候，这银光闪闪下的万籁俱寂，就更是他最好的伙伴了。

德克每次想心事，都会先从妈妈开始。

但那显然不是个愉悦的开端，妈妈在三个月前就去世了。

当时德克也才三个月大。那是个不怎么酷热的夏天，而且难得下了那年唯一的一场细雨。德克喊妈妈同全村人一起去沐雨时，还听到过妈妈的回应呢，之前妈妈只是说"有一点头疼"而已。等德克用两只爪子困难地掬着一捧雨水钻回狗窝时，妈妈就睡着了。德克不耐烦地站在妈妈身边喊了好多遍，甚至赌气把一捧水摔在地上，腾出双手上前用力推搡了半天，妈妈也没苏醒。

德克满头大汗地把格林村长拖来。

那老头儿显然没有尽心，只随手探了探妈妈的气息和脉搏，翻了翻她的左眼皮和右眼皮，又在她的胸口处胡乱按压了几下，就草率地宣布：德克妈死了。瞎说！"一点头疼"怎么会死人呢，万万不可能的！那一刻，德克恨不得把村长的舌头攥紧，让他永远说不出话来……

德克的心事想到这儿，手指头已经在沙地上画出了"妈妈""格林村""村长"之类的字样。稍后，德克就恶狠狠地在"格林村"和"村长"身上画个大大的叉，然后一爪子抹去，让面前只留下"妈妈"的字样。德克守着面前的"妈妈"，盯上良久，爪子早在不经意间，贴在"妈妈"身后划上了一句"我想你……"

划得很轻很轻，也很缓慢。

德克感觉每一寸笔画都刻在了自己的心窝上，稍一用力，就疼得要命。

2

"哎哟！"

沉浸于伤悲中的德克，突然发出了一声惨叫，接着就感到了全身撕裂般的剧疼！德克瞬间回过神来，发现自己正被一群巴掌大的黑影团团地围了个结实，那些黑影个个手中拉着一条细丝，每一条细丝环环相扣，结成了一张细密的网，此时的德克，

正处于这细密而结实的丝网的正中央。

德克浑身钻心的疼，正因为那些似乎随时要嵌进他皮肉里的细丝。

德克稍一挣扎，那些疼痛就剧烈好多倍。他终于意识到了处境的危险，无奈之下，只能逆来顺受。德克气喘吁吁地盯着一只只黑影，一声不吭，他却不是屈服了的一声不吭，只因自己的长嘴巴也已被那细而坚韧的网丝缠紧了，单凭鼻子里的哼哼唧唧，是发不出什么豪言壮语的。

一只稍大一点的黑影，一个跟头翻了过来，嘴巴里打着尖响的呼哨："嘿，这只恶贼终于落网了，小的们，加把劲，可千万别让他挣脱了！"

那些"小的们"集体缚着这网中的大块头，毕竟体型悬殊，分摊的担子又很重，容不得半点松懈，他们只是个个憋红着小脸，并不去应声。

德克第一时间将目光转移到了这大黑影的身上，并迅速认定这厮就是本次偷袭自己的幕后黑手兼指挥头目了。但德克引以为豪的视力并没起到多大作用，即便那条黑影放肆地凑上来拍打自己的脸颊时，那不伦不类的身形，德克也没认清这是种什么动物。他只看到了对方的两条长腿，稍短点的胳膊，冬瓜大的一截身子上，坐落一个柿子大小椭圆形的脑袋。德克本想从五官上进一步辨认，这厮却在眼眶上横了两条窄长的"布条"，像只神龟。

德克知道，这种沙漠气候里是不会存活什么水族英雄的，所以对方装扮得再神圣，也出息不成正义的盖世王八，他们依然是群恶人。想到这儿，德克的心里就不由自主生出了些豪迈——在恶人面前受点皮肉之苦，简直是上天对英雄莫大的恩赐！

剧痛之下，德克居然笑了，笑出了声。

德克一开始就笑得爽朗，时间稍长，那笑声简直就响彻了这静夜下的云霄。

那条大黑影倒是阻喝了几嗓子，那阻喝却更像迎亲队伍里低声下气的小吭吭，在德克的仰天长啸中若隐若现，可有可无。几只小黑影也试图加点力气给网中猎物多些苦头，可怜他们本就麻木的双手，经敌手这一笑，竟个个抖成了风中的树叶，眼看就要坚持不下去的样子……关键时刻，只听"嘭"的一声，德克就感觉后脑勺一热，笑声戛然而止，德克偌大的身躯，也原地瘫作了一团。

施完闷棍的大黑影，这才恢复了先前的气势，将没拿棍子的手臂朝空中一甩，尖叫一声："拖回去！"

3

德克感觉自己做了一个很长很长的梦。

因为最后梦到了妈妈正轻柔地抚摸着自己的头，所以德克并不打算赶快醒来。但妈妈这次的抚摸，力气实在太大了，一个指甲甚至划疼了自己的头皮……哎哟！德克猛然自睡梦中惊醒。

冗长而大好的一个梦，"倏"地一下子就没了。

德克在朦胧里，回忆起了刚才梦中身边的妈妈，赶紧四下里寻找。此刻已是个大白天，德克一眼就发现身后有个身影。但那

显然不是自己的妈妈，德克条件反射般转身跳了出去……等安顿好了心神，德克就仔细打量着眼前这只一身长毛、头上长了弯弯曲曲的两只尖角的大动物。

德克虽迷惑于不知说什么好，但刚才心中的妈妈，却是顾不上去思考了。

对方却并不怎么惊讶，先是咧开嘴角，浅浅地一笑。

"你小子变脸挺快啊！"这只长毛并不容自己傻笑太久，操着老熟人般友好的语气，净说些取悦德克的话，"你头上的伤口，我都给你处理好了，没什么大碍，你一定是想妈妈了吧，昏迷的时候，总是不停地喊妈妈，像只离了群的小羔羊呢……"

这类糖衣炮弹，德克却是见识得多了，所以半个好脸儿都没给他，只硬冰冰地问了一句："你是只什么东西？"

这在自然界中是种极不友善的开场白，问这话和回这话的双方，大部分都是在磨好了爪子和牙的前提下进行的——老长毛却并不生怨，也没急着回答德克的问题："你还不满半岁吧？你的妈妈呢？"

德克是极其听不得"妈妈"这个字眼的，整个身子不由自主地微微一颤，两只锋利的前爪子也下意识地突了出来，含了哽咽的声音显得敌意十足："你到底是只什么东西！"

老长毛看到德克的不安，只是笑吟吟地立在原地，甚至干脆把两只前蹄子抱在怀里，只轻轻柔柔地反问一句："小朋友，你看我像什么东……动物？"

德克经对方一问，还是用心在脑海里作了些盘算。看外形，这应该是一只与绵羊相近的动物，因为格林村是盛产绵羊的，但格林村的绵羊，头上没有这样弯弯曲曲的长角，这显然是一副攻击力极强的装备——格林村那些绵羊的角，比蚕蛹大不了多少，只配用来给同伴挠痒痒。

而且格林村的绵羊是不会说这么多俏皮话的。

德克想到这些，僵硬的双手因为走神而耷拉了不少。那羊模样的动物，也就笑得更加友好了一些："小朋友，猜不出来了吧，可能是你读的书太少了……"

德克最受不了别人的瞧不起，不由对方说完，一只爪子坚定地朝老长毛的脑袋一指："你是只羊！"

那被称作羊的动物，却并不作反驳，也不作肯定："那我是只什么羊呢？这个世界上的羊有千万种，区别很大的，那我是只什么羊，你答得上来吗？"

德克的确不知道这世上有千万种的羊，德克只知道有一种叫作绵羊的羊，他在书本上也没读到过绵羊之外还有别的羊。但德克心中还是忽然生出了一丝窃喜——虽然一时理不清对方是只什么样的羊，但他是只羊，总是肯定了的。

而且再凶神恶煞的羊，都只是吃草的，这也是肯定了的。

德克一旦辨明了对方的实力，心中的石头也就落下了大半，至于认清认不清对方的品种，反倒不怎么关心了。没想到，长毛羊瞧见德克明显的神情变化，而且对自己扬扬自得的提问渐渐失去了兴趣，反倒急躁起来，不停地催："小朋友，说说，我是只什么羊，看看我的角，看看我的蹄子，看看我的耳朵……猜猜，

我是什么羊？"

长毛羊越是纠缠，德克就越是失去了研究他的兴致，最后，德克干脆一扭身子，自顾自打量起这四周的环境来。身后的长毛羊见完全丧失了聊天对象，只好慷慨地自揭了谜底："我是一只羚羊，我是从小就生活在沙漠里的一只纯正的大漠羚羊！我们为数不多了，濒临灭绝了……"

老羚羊抱着德克的一只胳膊摇得起劲，德克却正从四周瞧出了一些端倪。

德克发现自己正被囚禁于一个方正的"笼子"里——沙漠里生有一种极为普遍的植物，大家都称之为"仙人掌"，这东西不但不能吃，而且浑身长满了坚而硬的刺，沙漠的居民大都拿它们晒干了，来做防风防贼的刺栅栏。而困住德克的这方囚笼，本是低于地面的某个陷阱改造的，上端是个全景的天窗，但因为四壁都用生满硬刺的仙人掌插得密不透风，笼底与地面的深度又足够高，即便弹跳最好的高手，也跳不到这陷阱的半腰。

德克立马就想到了那只被自己嘲笑过好多遍的井底蛤蟆。

泄完气的德克，正烦闷到了极点，旁边的濒危动物却仍然不依不饶。德克望着那两只威风凛凛的尖角，只好把肝火生生咽了回去："领羊？领羊大哥是吧？书里赞美的那领头羊，就是您吧？"

"羚羊！"

老长毛严肃地捡起半截树枝，在松软的地面上，一笔一画地写下了一个大大的"羚"字，然后又意犹未尽地在后面加了个"羊"字。再想回头在"羚"字头上标注拼音时，就被德克一把拉住了——尽快摆脱险境总比学习几个生字急迫得多。

"羚羊大哥，我识得了，识得了……你也是被那几个黑影用丝网捉来的吗？"

"嗯……不是！"羚羊惋惜地望了望脚趾前工整的板书，恋恋不舍地将目光移到德克脸上，"我是被他家大王请来教书的，可惜大王不在，其他成员又辨不清我的真实身份，就只好暂时委屈我在这儿待上几天。"

"那他们干吗要对我动粗？"

羚羊近前一步，顺手把一条胳膊搭在德克肩上，摆出一副推心置腹的架势："小朋友，你想想，连我这等被请来教书的先生，他们都如此谨慎，何况你这条尖牙利爪的不明生物，他们没把你当萝卜埋掉，就已经很客气了。"

德克回忆起昨晚的剧疼，自然历历在目，对那如刀片般锋利的细丝网，也心有余悸，这老羚羊的话想必是真的。等德克再要打探些敌方的物种、数量、口碑之类的详细信息，却忽然传来一声尖叫。

这声音德克再熟悉不过了，正是昨夜率众打了自己的那只大黑影。

刚才大黑影正尖着嗓子通报："大王回府了！"

4

这原来是一群兔子。

德克一眼就认出了这原来是一群兔子。那只个头最大的，长

耳朵头上扣个草环，三瓣嘴不停啃胡萝卜的，正是兔子王，他首先就泄露了品种。那个尖叫的椭圆脑袋，虽然把两只长耳朵缠成眼罩，作了伪装，但一看毛茸茸的屁股上那截短小的尾巴，也是只兔子。至于剩下的那一群，个头小是小了点，但无一不是蹦蹦跳跳的三瓣嘴，这也铁定是一群兔子——如果抛却骂人的成见，确切来说这应该是群"兔崽子"。

那只兔子王好像永远吃不饱的样子。

一大家子正杵在兔子窝边的空地上，等着他发号施令呢。尤其那只眼罩兔，手举着打昏过德克的那根大闷棍，只等大王一声令下，就可再把德克一棍撩个半死，拖远远的，找块薄地儿埋了完事。以前来攻击过兔子的几条大蟒和几只蜥蜴，无一不是这等下场。

这还犹豫什么呢？

但那兔子王完全只钟情于手中的胡萝卜，好像不用心啃完，其他事就无心理会似的。

眼罩兔越是着急，就越感受到那举在手里的木棍的沉重，好歹坚持到大王把手中的最后一口胡萝卜咽个干净，却见他又摸出一根来，更加粗长，迎头就是一口……眼罩兔终于崩溃了，一屁股坐在德克的脚旁。

危险这就来了。

受了大窝囊的德克，本就一直红着眼睛亢奋着，斜眼瞅见宿敌眼罩兔正气急败坏地坐在了自己的大脚边，憋了一天一夜的委屈、抱怨、憎恨，就一股脑地往心头上冲。再一看那条黑不溜秋又粗又壮的大木棍，德克终于咽不下这口恶气，抖了抖后脑勺，大幅度地向后扬起最粗壮的那条左腿，然后扭动着身子找个称心的姿势，屏住呼吸，一脚踢了出去。

这一脚的力度，基本代表了德克目前的最高射门水平。

眼罩兔若团成个正圆，充其量也比个足球大不了多少，即便手中的木棍能增加点阻力，在德克愤怒的大脚下，小身子至少也得离地飞出十几米。但因为身处沙漠腹地，那只眼罩兔的着陆毕竟不会有什么危险。危险在于眼罩兔凌空抛弃的那根粗木棍。

那根木棍正自十米的高空，翻着筋斗朝兔子王的小脑袋一路奔来。

而那只不知死活的兔子王，正忙着细嚼慢咽自己手中的第二根大胡萝卜呢。木棍可不如它的主子忠心，它哪管什么大王不大王，转眼间就扑到了兔子王的面前……兔子王却并不惊慌，握胡萝卜的右手动都没动，嘴巴的节奏也不受影响，继续嚼着，只是那根肇事的黑棍子，却不知怎的，转眼间就被紧紧地抓在了兔子王的左手里。

那棍子和兔子王的一条手臂仿佛长在了一起，就固定在离兔鼻子三寸远的地方，一动不动。德克忍不住张了张困在网丝里的大嘴，心中瞬间对这兔子头头高看了一眼。刚才这一手看似轻描淡写，却是对当事人速度、力度、角度等综合能力的严格考验。

德克自叹弗如。

刚完成自由落体的眼罩兔，却正急匆匆地赶回到德克面前。"眼罩"都给摔开了，变回了两只大长耳朵，无精打采地拖在背

上，显得累赘。眼罩兔几乎涨红了整张椭圆形的小脸，两只爪子擒着一块生满硬刺的仙人掌皮，这就朝德克劈头盖脸地砸了下去！

危急时刻，闭紧了双眼的德克却只听到了"叮"的一声响。那响声在一群惊呼中，显得飘逸而沉重。"眼罩，退下吧！"听这呜呜啦啦的声音，就知道是嘴里嚼着胡萝卜的兔子王。

原来这只眼罩兔子的名字，正叫眼罩。

德克张开眼睛，就看到了竖插在自己与眼罩之间的一条黑木棍。那手里扬着管制凶器的眼罩身后，正徐徐走来啃着胡萝卜的兔子王："这家伙无论是敌是友，毕竟不是穷凶极恶之徒，方才他如果不是踢你，而是一脚踩下去，你必死无疑了……这家伙是存了善念的。"

德克听到这儿，就恨不得给自己一个大耳刮子。

刚才怎么就没想到去踩呢！

5

眼罩受命给德克松了绑，德克也没给他个好脸色。

德克看到眼罩重新缠回去的眼罩就别扭。兔子王让眼罩传给德克的半块胡萝卜，德克也只是拿在手里，闻都不闻——这与狗吃不吃胡萝卜无关，德克恰恰爱吃胡萝卜。

兔子王是听到德克来自格林村后，才态度大变的。

"那真是沙漠里独有的好村子。"兔子王的眼睛里放着光，胡萝卜也搁置到了一边，还说着说着就要蹦起来的样子，"我在很小的时候，爸爸就领我去过，那村子里的人真是热情，对动物也特别友善，那村子里竟有会说话的狗，当时真是惊得我和爸爸说不出话来……后来，格林村的村民就很热心地教我们种胡萝卜、造房子……"

兔子王抑扬顿挫地说着，身子在沙地上时不时地打着转，头上的草环都落在了地上，被自己踩了几脚。身边的眼罩几次试图从大王的脚底下救回"王冠"，但几次都失败了……兔子王显然兴奋到了极点。

德克却只听到了盖房子的部分，狠狠地咬了一口手中的胡萝卜。

德克瞄了一眼那个用几块风化砾石堆砌起来的兔子窝，心说这胡萝卜倒是种得地道，但要谈到造房子，格林村的耗子都比你住得气派……当德克基本把手中的半块胡萝卜啃干净的时候，那兔子王在不停的转动下，心中的感谢与激动也排解得差不多了，就一手挽住德克的手，另一只手招呼着老羚羊过来这边，靠近些。然后全然不顾德克与羚羊近一个昼夜的交流基础，开始煞有介事地帮他们作起了介绍。

德克终于了解了些老羚羊的底细。

老羚羊曾生活在一个很大的院落里，是人类建的一处叫作"沙漠动物收容所"的地方，据说那是一个比格林村少不了多少快乐的大院子，首先那里面的动物就丰富得很，羚羊只有一只，但多的是骆驼、狐狸、野猪、野鸡、兔子，甚至还有一条冷血的大蜥蜴。

兔子王说到大蜥蜴，老羚羊就故意多插了几嘴，说那大蜥

蝎虽然生得冷血，心肠却比谁都热，他是大院里公认的道德模范……老羚羊说这些时，眼睛一直盯着德克。这让德克很不自在，感觉自己长得像条大蜥蜴似的。

兔子王继续喧宾夺主，夸那个大杂院。

那个大杂院，在好长的一段时间里，成员们互助互爱，求学上进，算个大学堂，也算个大家庭，天天充满了欢声笑语，那里面长大的，个个是精英，个个是好汉，个个是英雄，德才兼备，文武双全，出息得很……老羚羊关键时刻一指兔子王，说兔子王的爸爸就是在那个大院长大的。兔子王这才羞答答地低下了头，谦称自己的爸爸只是学了些防身的本事，说话、种菜、盖房子什么的，还不是受了院长的推荐，得了格林村的进修……得，这留学生的优秀，更加不言而喻了。

讲到后来，兔子王的眼睛却气红了。

原来，那大院本是建在一处小小的绿洲上的，那绿洲却又不知怎的在地下有些值点钱的矿物。加上那院长把个收容所搞得风生水起，偏偏要拉住几只过路的老鸹搞什么经验推广，这才自掘了坟墓——没过多久，不但大院那方正的院墙被挖得东倒西歪，那长满水草的清泉也变得浑浊不堪，院子里的人和鸟兽失了最为宝贵的水源，又总有喜欢捕捉沙漠宠物的好事者不时来捣乱，这院子终于难以为继。

最后，就真应了那句"作鸟兽散"了。

兔子王气愤到了极点，现场就暂时没了动静。再沉默了几分钟，兔子王就朝德克慢慢扭过头来，随口问了一句："兄弟，你是何苦，从格林村跑到这沙漠腹地的？"

德克习惯性地轻轻一颤，没有逃过老羚羊的眼睛，也没有逃过紧贴在德克身上的兔子王的一只手臂。兔子王率先警觉起来："兄弟，有什么难言之隐吗？"

德克突然就想到了自己的妈妈。

"我的妈妈去世了……"

"但我要救活她！"

德克像在说一件很自然、很科学又很有把握的事："我一定要救活她！我离开村子走进沙漠，就是要找到救活妈妈的法子……我会让妈妈复活的。"

德克的异想天开，终于让一群兔子彻底傻了眼。

二、不可说的秘密

1

德克在兔子窝已住了半月有余。

德克并不是白吃白喝，平常也会把在格林村掌握的知识，手把手教给现场的小兔子们。可喜可贺，这群小家伙倒也努力，不但很快就学会了简单的语言沟通，甚至连简单的加减乘除都运算得准确无误，大家满意极了——毕竟十五天前这群兔子还只会趴在沙丘上画不规则的兔子头。

沙漠里的冬季说来就来了。

昨天还被耀眼的太阳照得燥心燥肺的，今天外面就刮起了呼呼的北风。北风一起，德克就显得有些病恹恹的，从早到晚躲在兔子洞里，倚靠着沙墙，打不起半点精神。

这天，兔子王打理完手中的事务，就钻进洞里，上前紧挨着德克坐下，再将自己头顶刚编好的草环轻轻摘下扣在德克头上。一边嘘寒问暖："德克，第一次过冬吧？"

"嗯！"

德克感觉自己的眼皮正被洞外的北风刮得越来越沉重，一副睡不醒的样子。

兔子王早安排眼罩把胡萝卜捣成了汁，满满一大杯在手心里捂暖后，就送到了德克嘴边："德克，先喝点东西吧，这胡萝卜汁是最抗寒的。"

德克用力抬起眼皮，勉强挤了个笑脸，就着端过来的杯子沿抿了一小口，就立马恢复到了先前的病态。兔子王并没在意德克闭着眼睛前仰后合像只得了鸡瘟的鸡，只把嘴巴尽量往前凑了凑，低声问道："德克，你心里是不是藏了什么小秘密啊？你怎么会想到跑这沙漠中来找救活妈妈的法子呢？你是受了什么高人的指点吗？还是得了类似的……藏宝图？"

德克再养了会儿精神，才翻着白眼朝兔子王摇了摇头。

德克不能说，这是个天大的秘密。

2

洞外突然传来了眼罩的禀报。

"大……大王……您……您在……洞……洞里……吗？"

眼罩经过半月的练习，发音本有了很大进步。但因为德克的偏见，眼罩只能在老羚羊那儿得到语言方面的真传，口音里自然就多了些老羚羊的苍老。而学习之前眼罩自身的尖叫习惯一时半会儿又不能悉数剔除，他只好在苍老而平缓的一句话中，每隔二到四个音调，就会准确地尖叫一次。所以眼罩有时说一句稍长的

话时，语气很滑稽——就像一只刚下过蛋的老母鸡，咯咯嗒，咯咯嗒，咯咯咯咯嗒……，就这效果。眼罩权衡了一下利弊，就决定说话时绝不能超过两个字。再经过一段时间艰苦卓绝的磨炼，眼罩终于成功地把自己打造成了一个合格的结巴。

兔子王眼瞅着德克一头倒在墙角下，呼呼大睡起来，正沮丧着呢，听到洞外眼罩的结巴，就没好气地回了句："等着！"

眼罩在寒风中等了一盏茶被吹凉了的时间，这才等出了无精打采的兔子王。眼罩自己的心情却不受影响，一个箭步蹦上前去，双腿一屈，身子一矮，指着当初捉住德克的方向，神秘兮兮地汇报……

今早，眼罩正在从一棵做了记号的仙人掌下的沙子地里，刨夏末埋好的胡萝卜，就发现了当初捉住德克的地方，有一棵仙人掌是与众不同的。首先是出奇地大，至少比当地的品种大出了十多倍，而且表皮更硬，简直是坚硬无比，眼罩用手中的石镢头敲了几下，双手都被震得又麻又疼，而那仙人掌的表皮却只留下几个白点，毫发无伤。

兔子王围着那团仙人掌转了好多圈，终于在布满的硬刺中，发现了一条很细的门缝，顺着门缝一拉，就现出了一道方正的门。那仙人掌上的刺门一旦打开，就完全暴露了里面的精致。那扇门内，简直就是一个设备齐全的小居室。

一切都是掏出来的。一张可以充当书桌和餐桌的小床，一把配套的小凳子，一组带着隔断的小书柜，还有一面可以自由开启的大大的飘窗……这所有的一切，都是在一整块仙人掌内部掏出来的。

这块仙人掌的底部更是做足了文章。扫掉巴掌深的浮沙，就出现了两条固定在底部的、平行的、两头翘翘的长竹片。两条竹片的同一端各钻一小孔，穿过小孔又各拴了一条长长的细藤条。两边藤条同时用力，"小房子"就会在沙面上向正前方轻松滑行。调节任何一边的力度，小房子又会向相应的方向斜转……

兔子王二话没说，就安排人手，把这栋精致的小房子拖回了兔子窝旁。

3

北风一停，德克就颤巍巍地钻出洞来。

德克站在阳光下，打了几口呵欠。手里拎着一只被压扁了的破草环，身上还套了一件暖融融的羊毛外套。外套是老羚羊用自己换季的羊毛连夜赶制的。当然，最后材料稍有短缺，老羚羊就顺手从眼罩的后脑勺上薅了两把兔子毛。反正眼罩天天拿耳朵缠着脑袋，秃一点后瓢，并不影响观瞻。

眼罩原本受了兔子王的指示，正在用沙土固定那座小房子，一眼瞅见德克，就忘形地抛开了手中的镢头，涎着脸跑上前去，想及时地讨好德克。

德克无意中瞄了一下那座被埋了半截的小房子……等再看眼罩时，他的眼神就差点把眼罩的兔子脸剔了骨。

眼罩禁不住打了个大冷战。德克扬手把兔子王的二手"王冠"抛上了天，疾步冲到那座小房子旁边，就伏下身子徒手往外

扒埋住了房脚的细沙。

德克干得起劲，一声不吭，一段时间里，现场就只听得见德克"唰唰"地用手刨沙子的声音，不远处就是眼罩丢掉的镢头，德克却看都不看，只是小心又迅速地用自己的双手挖，好像在挖一个有血有肉的生灵而不是一块枯木，又好像这座小屋子只配用自己的双手来挖，除此之外的任何工具，都是对这座屋子的亵渎。包括其他人的手——尴尬的眼罩曾试图上前帮忙，却被德克一肘子捣出老远。

其他兔子看到德克的架势，更是大气不敢出，只是不时地张望路口，祈祷着外出的兔子王和老羚羊尽快赶回来。

德克足足耗掉了一炷香的工夫，才把覆在屋子底部的沙砾清理干净，整座小屋也算彻底被"挖"了出来。德克把身上的毛衣翻身脱下，揉巴揉巴，一把丢进眼罩怀里，用从没有过的高腔冲着所有兔子大吼："谁再碰这屋子，谁就是我的死敌！"德克吼完，再重点一指托着毛衣的眼罩，"告诉你家主子和那只老羚羊，敢打这座屋子主意的，准没一个好人，老子不陪他们玩了，再见，不送！"

说实话，眼罩对那座绿巴巴的屋子，并不如怀中这件外套在意。尤其眼瞅着自己的一腔热情正被弃如敝屣，忍不住鼻子一酸，差点哭出声来，倒是不结巴了，却又恢复了先前的尖叫："德克老师，这件毛衣你总得带上吧……"

德克双臂挽着藤条，看到自己的小屋子经过几番野蛮填埋和拖拽，下半部已然磨得伤痕累累，那藤条与竹片的连接处也起了明显的裂纹，正心疼得要命，哪会领受什么衣物。眼罩正要委屈兮兮地再耍点温情，却被德克一指头止住。

"告诉你们，我这辈子只喜欢穿妈妈亲手缝制的衣服！"德克拉着小屋子滑出沙窝，在转方向的时候，又用了很小的声音，坚定地说道，"只有妈妈会记得在靠近我心脏的地方，缝上布兜……"

"一次都没落过。"

4

兔子王和老羚羊回来时，眼罩和几只与德克交好的小兔子，正哭得一塌糊涂。

兔子王一头雾水，眼罩把修理好的草环塞给他后，就抱着那件毛衣哭得更凶。羚羊钻进兔子洞转了一圈，出来便朝兔子王摇了摇头。兔子王望了望洞口边的那个大沙坑，已明白了个大概，长叹一声："唉，到底还是没能留住他……"

眼罩却抹着眼泪一指太阳落山的方向，尖着嗓子叫："德克老师拖着一栋房子，走不远的，羚羊老师，你就去追追他，劝他回来吧！"老羚羊并没理会眼罩同学久违了的尖叫，只是从他恋恋不舍的怀里一把拽回了那件毛衣，然后里里外外仔细地检查着……当羚羊摸索到毛衣的第二个衣角时，却突然就停了手。

老羚羊神秘地笑了笑。

不一会儿，兔子群里就传出了一些欢快的叫声。

"德克老师一定会回来的！"

"是羚羊老师预言的！"

"就知道他舍不得我们……"

5

第二天一大早，太阳还没出利索，德克果然就回来了。

德克笔直地站在兔子洞前，把两只前爪工整地卡在两边的蛮腰上，劲霸而有型。德克并没像个泼妇样地叫阵，他知道兔子王有个日出练太极的习惯。羚羊也差不多会在同一时刻出门撒第一泡尿。而恰恰其他的兔子还要集体睡上几炷香的时间。

今天果然没一个例外。

有了老羚羊的预言，兔子王出了洞口撞见了雕像般的德克，并没意外，只是乐津津地望着对方的脸。倒是羚羊本人惊呼了一声"怎么没冻死你这犟小子"，就扭头回洞里抱那件羊毛外套去了。

德克并没拒绝羚羊披过来的外套，但好像他并非忙于御寒，而是看似漫不经心、却急促促地用手去捏着一个又一个的衣角。大约各个衣角被捏了有三五遍的样子，德克就顾不得佯装了，干脆把披在身上的毛衣完全抖在手里，反复地翻看。

"找不到了吧？"兔子王的声音轻得不能再轻了，但于德克听来，却不亚于一声霹雳。兔子王却不就此罢休，继续用隔岸观火的语气，轻轻说道："秘密找不到了吧？"

绝了希望的德克，把手中的毛衣再揉成一团，摔在脚边，眼睛直勾勾盯着兔子王的脸，牙齿"咯吱咯吱"地响着："把地图还我，别逼我翻脸。"

　　兔子王却神态不改，也不迎合德克的叫板，只是冷冷责怪几句："你还真是冷血，大家一起吃住了半个多月，竟说走就走。那群你教过的小兔崽子们，个个对你敬爱有加，你竟没一点留恋？即便我们兔子有什么不当之处，这只羚羊对你的恩情总是不薄吧？这半个月来，他哪天不像照顾亲儿子一样照顾你……"

　　"别啰唆了，把地图还我，死兔子！"德克一字一顿，清晰地骂道。

　　兔子王这才彻底没了素质，脚底下像是装了弹簧，高高地蹦着："你果然是只冷血动物！我们真没看错你，你这冷血是天生的，别人再怎么好好对你，也改不了你的本性，太冷血！"

　　老羚羊已把德克摔在地上的毛衣，耐心地拍打得干干净净。

　　兔子王的斯文扫地，令老羚羊失望至极。昨夜，羚羊花了整整一个晚上都在劝说这只兔子，对待德克，一定要克制自己的情绪。我们不能对一只冷血动物有过高的要求，改造他，感化他，训导他，我们需要时间，他也需要时间。

　　尤其最后一句，老羚羊重复了不下十遍。

　　但兔子王还是令老羚羊失望了。德克是只冷血动物的秘密，老羚羊独自守了足足半年，兔子王是唯一一个令老羚羊感觉有能力帮自己"优化"这个秘密的人。但现在兔子王的表现，却令老羚羊失望了。驯化冷血动物，绝非一份工作，而是一个工程。这个工程有个很惊悚的名字，叫作驯龙。参与到这个工程的成员，叫作驯龙师。

老羚羊正是一名资深的驯龙师。

可惜，兔子王不是，也可能永远不会是了。耐心是一名驯龙师的基本条件，兔子王恰恰缺了这个条件，他正在卡着腰与一只冷血动物对骂呢。

唉，咱只说德克。

兔子王被气走后，德克马上就会被老羚羊牵着爪子领进兔子洞，然后在一堆证据面前，德克终归要接受自己不是一条狗的事实了。

德克只是在体形上像一条狗而已。

6

德克是一只恐龙。

面对着堆成山的证据，包括妈妈的遗书，包括自己鲜明的身体特征，包括一大摞与自己完全巧合的恐龙的生活习性，德克想自己可能真的是一只恐龙了。

可德克并不情愿接受这个现实。

德克想，自己怎么就成了一只冷酷的、残暴的，说不定天一冷就得冬眠的恐龙了，再说恐龙不是在几亿年前就集体灭绝了吗？怎么就在朗朗乾坤下，就在狗窝里，就在一群狐朋狗友里，就唯独自己出产成了一只恐龙呢！

一想到狗窝，德克就立马想到了妈妈。

德克就更不甘心去接受自己是只恐龙的现实了。我有一只狗妈妈，我是狗妈妈的亲生儿子，我除了身上不长毛、鼻子有点绿，我就是狗妈妈的亲生儿子嘛，好多小孩子生下来都不长毛的，好多黑鼻子的妈妈也生过红鼻子、白鼻子、花鼻子的小宝宝，怎么就能凭着我的不长毛和鼻子有点绿就认定我不是跟妈妈一样的狗，而是几亿年前的活化石了呢？

德克拼了命地说服着自己。

做一条狗还是做一只恐龙的念想，就在德克的脑海里斗争得厉害。羚羊冷眼看着苦苦挣扎的德克，慢慢从怀中取出一束毛皮卷，丢了过去。正抱着脑袋打滚的德克果然如获至宝，一把抢在怀里，念叨着："地图！我的地图！"

"德克，你不打算救你的妈妈了吗？"

"救！我当然要救！"

德克像个无助的孩子，哀怜地望着羚羊："我活着的唯一目标，就是要救活我的妈妈。你看，我有地图，我有可以救活妈妈的'复活地图'，我只要按照地图上的指示，找到这些线索，找到泪王子，我就能得到复活咒语，我就能救活我的妈妈了……"

德克一口气把心中所有的秘密抖了个遍。

羚羊一蹄子将德克展开的地图按牢："很好，但是，德克，复活咒语可是一门来自远古的法术，你若不心甘情愿地承认自己是一只来自远古的恐龙，即便你找到所有的线索，找到传说中的泪王子，那咒语也只是一句空话而已。"

来自远古的多得是呢，盘古、夸父、后羿、伏羲，哪个不比恐龙让人容易接受！

但是，妈妈……德克的心中又隐隐作痛了起来。

与妈妈的复活相比，自己是一条狗还是一只恐龙，实在无足轻重了。德克缓缓把早就挑出来的妈妈的遗书与毛皮地图一起方方正正地叠好，伸手插进了自己贴身的口袋里，然后把剩下的所有能够证明自己是只恐龙的证据，悉数收进了老羚羊的羊皮袋子里，扎紧。

德克接过老羚羊的外套，像只真正的冷血动物一样，认真地披上防寒。最后把老羚羊的羊皮袋子往自己肩上一搭，昂首问道："羚羊大师，只要能救活妈妈，我做什么都可以，再说，做恐龙也不比做条狗低级多少吧，咱们出发？"

老羚羊突然感到了前所未有的轻松。

这是一个驯龙师最大的运气。

7

太阳已经彻底升了起来。

一只羚羊和一只恐龙的身影是如此地清晰，即便在风沙无常的茫茫大漠里，他们依然清晰可辨。

"师父，我是只什么恐龙？"

"骨冠龙。"

"骨冠？那在恐龙中算什么辈分？"

"祖宗。"

三、三个驯龙师

1

格林村最近不怎么太平。

多年不见的老鸹，总会隔三岔五地蹲在村头那棵梧桐树上过夜，而且第二天太阳老高了也没有离开的意思。这黑鸟儿可不是什么善类，在动物界里属于首屈一指的扫把星，甭说瞅他们一眼了，听到他们的叫唤都是一种灾难。再说，格林村村头这棵婆娑的梧桐树可是老祖宗栽来引凤凰的……你们欺负格林村不搞种族歧视是吧！

格林村长就很不痛快。

这一届的村长格林，没人知道他到底活了多少岁。只传说这是格林村历史上最长寿也最为德高望重的一位好村长。当然，有时"德高望众"也是副卸不掉的担子，沉重得很。

"乌鸦先生……"

这天，天不亮，老格林就站在了梧桐树下，毕恭毕敬地叫醒了一只大个儿老鸹。"乌鸦先生这是要去北方避暑吧？"天气一暖，总有从南方赶往北方享清福的禽禽兽兽，而格林村正是这路线上必经的栖息之地。想这一窝子赖在格林村已经两天两夜的黑老鸹，也不会例外。

这只大老鸹明显缺了觉，很不高兴被人从睡梦中惊醒，树下如果是只狐狸或狼狗什么的，以自己的聪明才智，必定又要耍他们个千古流传的大笑话了。可仔细一瞧，这树下，却是一位看上去有些身份的白胡子老头儿。

即便没有身份，这人类也是不好惹的。

大老鸹勉强拱拱翅尖，还是把一些不满融进了语气里："正是……老先生，叨扰了！"

"乌鸦先生在这梧桐树上，小憩了有两天两夜了吧？"

大老鸹毕竟理亏，直起身子，两脚一蹦，由最高的树枝上跳低了一层："老先生误会了，我们昨晚刚到呢，前天那一定是我哥哥的一大家子，他的脖子上有一圈白毛，他的品种没有我纯正的，您没发现吗？"

老格林的兴趣显然没放在挑拣老鸹家族的歪瓜裂枣上。

"乌鸦先生，麻烦您告诉那个品种不纯的哥哥一声，格林村的这棵百年梧桐，是用来招引凤凰的，它在格林村的神圣程度，与格林村槃神庙里的槃神是一样的。"

村头那座蹲着一只"石狗"的槃神庙，大老鸹再熟悉不过了。要不是那些劣质香火呛得孩子们睁不开眼，自己早领着一家老小住那房梁上了！"哎呀，老同志，我们不就是在这树枝上卧

一宿吗，又少不了这梧桐树的一点皮肉，也玷污不了这梧桐树的圣洁……"

大老鸹嚷到这儿，头顶上的妻儿却正被吵醒了。妻子倒贤惠，没做什么出格的事。那几只儿女却是少不更事，每个清晨，睁开眼就大小便的习惯，一时是改不掉的。

"噗——"

"噗噗——"

"噗噗噗——"

那棵圣洁的梧桐树的树干上，就如流鼻血一般，挂了几道墨绿色的浓稠的液体。

其中有几滴正飞溅到了老格林仰望的脸面上。若不是老人家眼睛闭得及时，其中一滴甚至就入了眼底了。老格林拿洗脸的动作，抬手抹了一大把，雪白的眉毛胡子就立即被染成了墨绿色。好在老格林的鼻子在多年前的一场大雾中早早地失了灵。

但这满脸的味道，不靠鼻子倒也不难想象得出。

那只大老鸹毕竟明点事理，赶紧停了狡辩，不好意思地赖笑着："哎呀，你看，这几个败家的玩意儿，昨晚又吃多了，吃多了……"

老格林最大的脾气，也就是个不痛快了，声调都没提一提："乌鸦先生，老夫麻烦您传的话，还望您用心帮忙给传一传，格林村上下必感激不尽！"

"这传话自然是不成问题的。"大老鸹一看捏的是个软柿子，赶紧转了替儿女们谢罪的话题，"只是您知不知道，最近，为什么我们乌鸦总爱往您这格林村子里凑吗？"

老格林倒的确猜不透这其中的缘由。与格林村南北相邻不足十里的猫头寨和狗皮洼，也是两个相宜的栖息点，稍远一些的鼹鼠王国，更是一个丰衣足食的风水宝地，怎么会总有乌鸦往格林村里凑呢？

"因为，最近格林村上空，聚集着一股味道……"大老鸹把声音压得很低，活像被人攥了七八分的脖子，"一股死人的味道……"

"一大股！"

2

尼克妈又要生了。

尼克妈曾经生过三条狗，分别叫虎克、伊克和尼克。尼克妈生孩子与村子里其他的村民都不相同。尼克妈从不天昏地暗地喊疼；她总碰巧在春季里生产；她从不允许催生婆入她生产的窝；过后也不允许别人靠近她的孩子；孩子长大了也不允许他们上学；甚至孩子出门的机会都很少；她的三个孩子还总是邋邋遢遢，与勤劳干净的她极不相称……可惜尼克妈在村子里没有一个亲人，所以这所有的不相同，并不会有人特别去关注。

然后，她的三个孩子几乎都是在某一年的冬天就莫名其妙地失踪了！这些就更不会有人关注了，格林村每年出生和失踪的狗，实在太多了。

不过尼克妈这一次的生育，却是有了很大的改善。

虽然尼克妈依然没有天昏地暗地喊疼，也没找催生婆入她的狗窝，但是生产后的第三天，尼克妈就把自己的孩子抱到了格林村的大街上，大张旗鼓地去獒神庙为孩子祈福。还主动抱到了村长的家里，央求村长给小狗起个硬朗一些的名字……老村长很费劲地翻到了一本有些残破的书，又闭着两只眼睛想了足有蒸熟一锅米饭的工夫，最后才捋着雪一样洁白的胡子，庄严地挤出了两个字：德克。

从此，这条全身上下没有一根毛的粉红色的小生灵，就变成了德克。

尼克妈也就变成了德克妈。

3

这种月黑风高下的驯龙师小组聚会，并不常见。

但至少德克妈每次添了孩子，他们都必须要聚一次。这是三个老相识了，估计连他们自己都记不清他们相识了多少个年头了，从他们一起做了"驯龙师"以来，至少有六百个年头了吧——都是老熟人，白胡子的格林村长，刚改了名字的德克妈，生了一对弯弯曲曲的大羊角的老羚羊。

没错，他们只是一条狗，一只羊，和一个老人，却是"恐龙驯化"的最佳组合。母狗负责对恐龙的生理驯化，羚羊负责对恐龙的心理驯化，格林负责对恐龙的伦理驯化。

生理驯化容易理解，就是负责把收集到的恐龙蛋进行甄选、孵化、抚养。

心理驯化，却是找个合适的时机，找个合适的氛围，找个合适的距离，抱着一大堆铁的证据，告诉一条吃了一年狗粮的、自以为萌得要死、幸福得冒泡的山寨狗狗：你，其实……是从一只蛋里……孵化出来的，你其实是一只……恐龙。大多数年头里，恐龙的名声与"丑八怪"实在没什么区别。所以这其中"合适的距离"尤为重要——羚羊蹄子上的累累伤疤，就是忽视了"合适距离"的重要性，而屡屡遭的罪。

伦理驯化，倒没什么人身方面的危险，只是就相对抽象多了。伦理驯化并非专指某一项的驯化工作，这是一个漫长而琐碎的驯化过程。这类驯化没有固定可寻的模式，格林村长要根据不同恐龙的不同特性，为他们量身定做，要求从这只恐龙破壳而出时的所有的细微动作开始，就要去探索性地制定出决定他们未来一生的一系列驯化计划，且要随时修正。其间一子落错，全盘皆输。

想到这儿，格林村长的腿就发抖。

这次格林的腿抖得就更加厉害了，甚至影响到了德克妈，让她的嘴唇都哆嗦了起来："格林村长是说，德克的冷血，让乌鸦嗅到了死亡的味道？"

"嗯，很浓烈的一大股。"老格林模仿了大乌鸦的语气，仿佛也被捏了嗓子，"这可是我们手中的最后一枚蛋孵化出的恐龙了，如果那些蛋壳和画卷上的标注不是个玩笑的话，这只恐龙一定是我们期待了五百年的那只骨冠龙了。恩师当年的预言也就应验了……"

格林恭敬地提到恩师和他的预言时，羚羊和德克妈却不以为然。

那格林口中的恩师，说白了，只是一条会说大话的蟒蛇而已。

4

三个驯龙师的师傅，确实是一条蟒蛇。

当年的老格林还是个小男孩，德克妈也是只刚断奶不久的小母狗，胡子飘飘的羚羊也不过刚刚成年。那天风和日丽，小男孩正带着自家的小母狗，在格林村的后山腰上放爸爸送自己的小羚羊。

小男孩吹着吹着口哨，就听到了一声一声的很亲切的呼唤："小朋友，小朋友……"小朋友惊讶地四下里望望，除了身边心无旁骛的羚羊和默默无语的母狗，整个山坡上连一丝风都没有。

小男孩自己也仿佛虚幻起来，竟然对着身边的羊和狗问："你俩听到有人喊我了吗？"

当年的羚羊和母狗还是两只不谙世事的小羊和小狗，对人类语言是不通的。结果小男孩茫然地问了几遍，那吃草的羚羊依然心无旁骛，那因刚刚断奶而心情不佳的母狗也依然默默无语。

那挠心的呼唤却还在继续。

小男孩惊悚地捂紧耳朵都无济于事，那声音一会儿来自远方，又一会儿仿佛源自自己的内心。小男孩终于忍无可忍，想到自己的爷爷正是这格林村的一村之长，自己的父亲也是村子里出类拔萃的好猎手，哪能在自家的地盘上受这邪佞的骚扰。

小男孩把拴在羚羊脖子上的铁链子摘了下来，一手握紧了一端，再往瘦弱的手腕上绕了几圈，朝着空旷的原野就大吼一声："何方妖孽，敢在我格林村境内装神弄鬼！有本事站出来，与小爷比画比画！"

小男孩的话音刚落，百米之外的一堆灌木丛里，就"噌"地窜出了一条一抱粗的大蟒蛇。小男孩大骇之下，反倒镇定了下来，只痴痴盯着近在咫尺的大蟒蛇的尖削的脸——这蛇脸可比蛇身子清瘦多了。

小男孩感觉这样做能减轻一下自己内心的慌乱。

大蟒蛇也盯着小男孩，没一会儿就款款问道："小朋友，你是在喊我吗？"小男孩实在没顾得上惊讶于这条大蛇如何会开口说话的。不是他先喊我的吗？男孩正忙着暗暗问自己。大蟒蛇也并没打算等到小男孩的回答，只温柔地说下去："你是个有谋略的小家伙，刚才只注视着我的眼睛，无非是想第一时间掌握我的动向；你还临危不惧，遇事不惊，至少没缩作一团，哗啦啦地尿裤子；最可贵的是你的仗义，没有舍弃自己的朋友而独自逃命。你是我见过的最优秀的小男孩。"

大蟒蛇的一番甜言蜜语，直说得小男孩心花怒放。

小男孩已经完全没有力气去反驳——其实自己的"盯眼睛"只是为了壮胆气，自己的没尿裤子只是因为半天没喝水，自己的没独自逃命……真要逃，自己是跑不过那只羊和那条狗的，这些实在与谋略、临危不惧和仗义扯不上关系。

小男孩尽情地沉浸在了浓郁的成就感里。

在此之前，自己从来没有得到过类似的褒奖，如今，这褒奖即便出自一条大蟒蛇的嘴巴里，他也禁不住乐开了花。

这种气氛下，二位就很难不在短时间里，混成朋友。

5

当天，蟒蛇就亮出了自己细长细长的长尾巴，在小男孩的脑袋上绕了一圈，然后拿自己灵巧的舌芯子在男孩子的双目之间比画来，比画去。

一直比画到太阳落山前，蟒蛇就让小男孩背一首极难背诵的古体诗。

小男孩本是极为讨厌"背诵诗词"这一类的事情的。这一点他极不像自己的爷爷。男孩的爷爷在做格林村的村长之前，就是全村最博学的人了，包括能够背诵数不清的诗。当然，他也不太像自己的爸爸——男孩的爸爸绝不仅仅讨厌"背诵诗词"这一类的事情，与课本沾边儿的事情他都讨厌，包括学校、校长、老师、教鞭、作业、课程表、上课铃、他文绉绉的老爹……他只喜欢打猎。一个只喜欢打猎的男人，是做不了格林村的村长的。爷爷对爸爸就有些失望。但得知自己的亲生孙子宁愿去后山放羊，也不喜欢背诵诗词时，爷爷就开始有些绝望。

如今，小男孩却正在流利地背着一首极难背诵的古体诗！

"你今天已经学习了过目不忘的本事，用不了多久，你就会成为一个博学的人。"蟒蛇躬了躬身子，很谦虚地朝男孩做了个道别的姿势，"明天一早，老地方见吧。"

说完这些，蟒蛇就扬长游走了。

6

第二天，蟒蛇教会男孩子的是些"内力气"。

这次蟒蛇尾巴缠住了小男孩的腰，芯子还是在男孩的双目间比画。依然忙活到太阳落山前，小男孩就感觉自己的肚子总有些鼓鼓胀胀的感觉。像是每年过年都会吃多了的年夜饭，积在肚子这儿，不怎么舒服。

"你仰天深吸一口气，憋住。"蟒蛇收了尾巴和芯子，一边做着示范，"心中数完三个数，然后猛收小腹，把所有的闷气，用最快的速度吐出来，要一气呵成！"

"嘘！"仰着头的小男孩面朝天空，依示而行。

"嘭！"蟒蛇吐出的闷气，是面对了十米外的一块西瓜大的砾石。

砾石应声而碎。

"不必再试了。"蟒蛇用小脑袋拱了拱男孩又要鼓起的薄肚皮，"你已经拥有了相同威力的内力气。日后勤加练习，力度还会增加的。明天一早，依然老地方见吧。"

说完，蟒蛇身子一晃，又没影了。

7

第三天，就成了个不轻松的苦日子。

大蟒蛇先让小男孩子吃掉了一片草叶。

"这是一片……"男孩只听到大蟒蛇说了一半，耳边就传来了呼呼的狂风声。男孩子抬头，看见大蟒蛇正在与自己一心说着什么。男孩的余光却突然瞥见了自己做猎人的父亲，他正举着一把锋利的开山斧头冲了过来！

男孩一下子就紧张起来。

男孩开始大声喊叫着蟒蛇的名字，想抬起两只手来把举着斧子的父亲指给蟒蛇看。却发现自己竟然哑了一般，嗓子里发不出半点声响；那两条木偶似的胳膊，也安然地垂在胯骨边，只会随着风摆动。父亲越来越近，小男孩几乎听到了他嘴里喷着酒气的怒骂。男孩相信，即便内心存了恐惧，父亲依然不会罢手的，他手中的开山斧一定会砍在大蟒蛇的身上。他是个猎人。

大蟒蛇理所当然地被砍成两段！

那猎人可是格林村里最出色的猎人，那斧头可是猎手家里最锋利的斧头。

大蟒蛇的尾巴和头各自连着一段身子，在山坡上没有节奏地蜿蜒着。两大股殷红的鲜血如决了堤的河水，染红了小半座山。悲痛的小男孩见那满脸血污的父亲正举着滴血的斧头，仰天朗笑着，像个卑鄙的强盗。

小男孩的眼泪一下子就流了出来。

那个猎人并不罢休，正手起斧落，把蟒蛇的残体剁成了一块块利于搬运的大小。他的嘴巴一直美滋滋地咧开着，自以为多么英雄而且打了多大的一场胜仗似的，可惜脸上的血正迅速地凝固，一时半会儿是擦不干净了。

止了泪水的男孩，望着卑鄙的父亲，在心里用力诅咒着。再多望一眼堆在面前的那些凌乱的尸块，男孩的脑海里就突然现出了自己多年来吃过的那些父亲带回家的形形色色的猎物。它们的尸体堆在一起，也有这么一大堆了吧？但吃掉它们时自己怎么就不会悲痛呢？

小男孩开始慢慢坐下来，认真地想这个问题。

那些被自己吃掉的猎物，的确与自己没有什么交情，所以自己就不会悲痛。但那些被吃掉的猎物，它们总有与自己有交情的吧？我吃了他们，我不会悲痛，但总有与它们有交情的会悲痛吧？

此时的小男孩，心痛得要碎了一般。

忽然想到了自己吃过的那些动物的朋友们，也一定会有些心痛的。小男孩就开始大口大口地恶心起来，恨不得把毕生吃过的所有的猎物，全部吐在地上。小男孩最终只吐出了一口乌黑的浓痰，他难以置信自己的身体里竟然有这么肮脏的东西。

猎人朝儿子做了一个很独特的手势，这手势小男孩再熟悉不过了，每次猎到极大的猎物，父亲都会自豪地朝他做这个手势：看守着这大猎物，我回村子里喊人！

男孩并没等父亲走得太远，就一头扑到了奄奄一息的蛇头上。

"不要难过。"蛇头勉强抬了抬眼皮，虚弱地说，"我们蟒族有个可以复活的方法，你如果把我的碎身子按顺序不差毫厘

地对接在一起，然后拿河塘的湿泥将断口封好，不出三天，我就会复活……"

蛇头坚持说到这儿，两只眼睛就严严实实地闭上了。

男孩在第一时间想到了山脚下的那河淤泥，今年的雨水没太接上，那条河早在几天前就见了底，正露出了一河道黑黝黝的淤泥。但小男孩只跑出了三步就停住了——即便自己按蟒蛇的要求，原地接好他的身子，封上淤泥。但拿了斧头的父亲和抬了筐篓的村民，一定会在自己做完这些之前赶到的。

小男孩收住脚步只停留了一秒钟，就回去从蛇头开始抱起，跑向了半干的河床。

那河床的淤泥，正恰好被晒成了半流质状，蛇头嵌在泥面上，稍一用力就会完全埋没进去。小男孩顾不得歇息，飞快地跑上跑下，根据蟒蛇腹部的鳞片的大小排列，把一段段被斩断的蟒蛇身子，严格按顺序埋进了山下的河床里……当小男孩把最后一截尾巴梢也伪装得不留一丝痕迹的时候，正远远瞧见一些影影绰绰的身影从村子里涌了出来。

天空却突然就雷声大作，下起了雨。

猎人带领一群满脸欲望的村民爬上山坡时，发现儿子正在一棵茂密的松树下搂着他的羊和狗避雨。而自己允诺了村民的好大一堆猎物，却人间蒸发了一样，连一滴血都没留下。猎人的信誉就此打了大折扣。

"你怎么又这样骗人！"原来，最近猎人的信誉一直在打着折扣。

"对！都第三次了，一次说谎猎了一只老虎，却是一只猫！一次说谎猎到了一只黑熊，却是一只老鼠！这次猎到的大蟒蛇呢？还说都分割好了的，那肥美的蛇肉呢？又哪儿去了？至少要有条泥鳅做道具吧。"

"我看这格林的儿子，八成是被美女蛇摄走了魂魄！"

话说到这份上，事态就极为严重了。

小男孩心目中曾经英雄般的父亲，正面临着一项极其恶劣的道德指控。在整个格林村子，从出生的孩子被抱到獒神像前祈福的那一刻起，"失了诚信"就会被村民公认为是最最不齿的行径之一。它虽不及狗皮洼的吃狗肉、猫头寨的养耗子、鼹鼠王国的泉水浪费那般，被当局归于量刑入狱之列，但依然会凭借"抹黑了祖宗"这一大逆不道，而令人人当街唾骂，宽恕不得！

况且这个骗子竟敢屡教不改。

你是村长的儿子怎么了！村民照样会拿最恶毒的"被美女蛇摄走了魂魄"这样咒骂人渣的脏话来咒骂你！猎人像个站在冰天雪地里一丝不挂的乞讨者，无助地望着自己的儿子。猎人太需要自己的儿子出面告诉大家，那条被自己英勇杀死的蟒蛇是真实存在的，他没有拿条泥鳅戏弄他们的坏心眼。尽管以前拿猫和耗子开玩笑时留给村民的心理阴影太大，儿子的见证也未必会令他们信服，但猎人还是满怀希望地望着儿子。

雨基本停了。

小男孩推开依偎在身上的狗和羚羊，迎着父亲的目光，起身朝熙熙攘攘的人群打了声招呼。男孩确定自己只是打了声招呼，

但那声招呼却震得山上的碎石簌簌作响。众人无不纷纷闭嘴，惊大了眼睛。现场一时落针可闻。

男孩并没料想到自己的内力气有这般威力，即便捂着肚皮说下去，声音也如洪钟一般，在空荡荡的山谷里四处迂回。"你们不要再吃这些动物了！"男孩说道。

对面的村民并没几个在意男孩说什么，他们中的大部分，还惊呆在男孩浑厚的声音里没有苏醒过来。直到其中一个上些年纪的，提示了一声："獒神显灵了？"大家这才齐刷刷地跪了下去，双手扑打着额头前的地面，异口同声地喊："獒神显灵了！獒神显灵了！"

现场只有打过猎的那个男人没跪。他迟疑了足有几十秒，就疾速冲向了山下的格林村，嘴里用更大的声音呼喊着："獒神显灵了！"

男孩却并没受这些叫嚷的打扰，心里只恶心着自己吃过的那些可以堆成山的猎物，就如复读机般唠叨那句"你们不要再吃这些动物了"。那些跪在山石上磕头的村民赶紧七嘴八舌地发誓。

"再不吃了！再也不会吃那些动物了！"

"这都是受了那猎人的挑唆，我们本是不情愿去吃什么动物的肉的，我们格林村总有吃不完的苞谷，我们都是受了那个村长的儿子的挑唆……"

大家只说是受了村长的儿子的挑唆，却没人说是受了这个男孩的爷爷的儿子的挑唆，更没人说是受了这个男孩的爸爸的挑唆。好像那个恶贯满盈的猎人，压根就与这个被獒神附体的小男孩没丁点儿关系。

画面进行到这儿，小男孩头顶上的乌云却忽然就全部散开了，阳光刺得眼睛生疼。

男孩慢慢放下了遮住双眼的双手，面前正有个乐呵呵的蛇头。一切竟又回到了小男孩吞下草叶子之前的情景。大蟒蛇也把小男孩没听完的那句话，又字正腔圆地重复了一遍：这是一片致幻叶，刚才的一切都是虚幻的。

男孩子长长地舒了一口气，只是想到自己对村民和父亲的那些劝诫就如此白白浪费了，便稍稍感觉有点儿可惜。

"不用可惜。"蟒蛇读心的能力也不可小觑，"你的那些劝诫，今天夜里就会出现在他们各自的梦境里，格林村的村民再也不会吃那些动物了，你的父亲也不会再滥杀无辜了，他会穷尽一生守在獒神庙里，赎自己的罪。"

都能读心的蟒蛇大师，掐算个前程自然也不在话下。

想到自己可能再没机会骑在爸爸脖子上掏鸟蛋了，男孩的脸上还是有些沮丧。这时不远处突然有人喊了声"主人"，紧接着又传来一声，只是口音不同。小男孩寻声望去，却是自己的羚羊和小狗，正很自然地说着人话。

原来蟒蛇今天布置的所有的幻象，都是为了训练男孩的智商、情商、灵活度和自身的抗压能力的，这是一个合格的伦理驯龙师应该具备的基本技能。蟒蛇显然还忙里偷闲，完成了对一只羊和一条狗的语言训练。

"我要告诉你们一个喜讯，你们已经是一名合格的驯龙师

了！你们的职责，就是孵化、驯化、优化这世上所有的龙族。龙是一种祥瑞之物，驯化优良的龙，一定会为天下苍生带来无尽的福祉！"

三个伙伴并不知驯龙师为何物，尤其是那只羊和那条狗，"驯"字是"马"字旁还是"言"字旁都搞不清楚，但那蟒蛇庄重十足的语气，却又由不得他们不去偷偷地自豪，所以大家个个像等待受阅的战士一样，挺直了身板，高昂着头颅，竖起耳朵继续聆听。

"当然，你们也有权利获得一个天大的秘密！你们将去完成一件这个世界上最伟大、最光荣、最有意义的大善事！"蟒蛇说着，眼睛里就开始闪烁着无比激动的神采。

说到最后，整条身子都一节一节地曲张起来。

四、一张地图

1

蟒蛇嘴里的大善事，不过是帮忙孵几枚"蛋"而已。

蟒蛇带着三个小家伙在灌木丛里七折八拐，转出了一里多地的样子，面前就现出一棵枯死多年的老松树。这松树的大半截树干不知被哪一场泥石流深埋在了地下，只露出了枝枝蔓蔓细瘦而干透了的树冠，紧挨着树干的地平面上，有一簇不起眼的杂草，炸开一般，疯长得极为茂盛。

只听蟒蛇说一句："跟紧我！"话音未落，就一头扎进了杂草里。小男孩二话没说，拽着蛇尾巴就一头钻了进去。后面的羚羊和小狗只犹豫了片刻，也鱼贯而入。

穿过草丛，面前出现了一个一人多高的山洞。

迎面一大股凉气逼来，男孩禁不住打个冷战，后面两个带毛的也都拼命地眨巴着睫毛。如此深邃的山洞，原本应黑漆漆的见不到五指才对，然而这个山洞的四壁上却嵌满了亮晶晶的形似镜面的东西。这东西大小不一，大的有鹅蛋的一半大，小的就琐琐碎碎的肉眼难辨了，但数量实在太多，想必再细微的颗粒也各自拥有了极强的反射光线的能力，洞口处透过杂草缝隙穿进来的几缕若隐若现的阳光，经这满洞的小镜面一翻交叉反射，洞内竟如镶满了星斗一般，并不比晴朗的月圆之夜逊色多少。

小家伙们紧随着蟒蛇一路逶迤，约有半个时辰，就到了这山洞的尽头。

蟒蛇将小截的尾巴一横，挡住了孩子们的步伐。大家面前就出现了一眼两米见方的井口，男孩探出半个身子往井口里面望了望，那里面却实在是一团漆黑了。蟒蛇扬起了高高的头颈，在井口正上方的洞壁上用力蹭了几个来回，随着一些枯枝烂叶的杂物簌簌落下，那洞壁上竟现出一个与井口大小一致的天窗来。

一束耀眼的光线，直直射进了正下方的黑井中。

压抑的空气也瞬间流通起来。蟒蛇示意大家骑在自己"V"字形的脑后，蛇头便慢慢滑向了井底。那井却算不得深，下滑了十多米就迎来了一个宽阔的大厅样的结构，想必见底了。这大厅实在是宽阔得令人咋舌，蟒蛇担心自己粗圆的身子长时间倒挂在井壁上，会令三个孩子因空气不畅而感到憋闷，所以干脆把整条身子一股脑滑了下来，盘在了这大厅的地面上，却也只占据了不足一半的面积。

就着足余的光线，大家发现蛇头正对的地方，有一块方凳大小、冰晶样的立方。

"这是一块龙立方。"蟒蛇无论神态和语气，都像一个为儿

孙讲故事的老爷爷，慈祥而安然，"它在这个冰窟里已经存在了上亿年。本也相安无事，但近十年间，这个原本布满上古玄冰的冰窟，却突然以极快的速度融化起来。只存了洞壁上那星星点点的玄冰粒子，估计过了这个夏季，就会完全消匿了。这块龙立方的结晶密度，要远远高于冰窟内的其他玄冰，所以暂时无虞。但时间一长，这洞外的气候逐年变暖，消弭也是早晚的事。"

说完这些，蟒蛇稍稍停顿了一下，然后道出了一个石破天惊的大秘密："这龙立方之中，冰封了四枚活生生的恐龙蛋。"

恐龙？还是蛋！还活生生的！

现场气氛一下子被孩子们的惊恐和疑问凝固起来。

2

蟒蛇毕竟是冷血动物，受不了那龙立方逼人的寒气。

接下去对活生生的恐龙蛋的讲解，蛇头就不由自主地缩在了离龙立方最远的那个角落里。即便如此，蟒蛇的语调依然有些低迷，像要睡着的样子。"父亲告诉过我，祖辈有一句口口相授的秘语，'冰窟融，龙蛋孵'，所以我必须得拜托三位，把这龙立方运出洞外，把恐龙蛋孵化出来，让龙族血脉得以延续……"

蟒蛇言尽于此，就起了鼾声。

想这位忠心耿耿的义士，必是很久没享一场痛痛快快的冬眠了。孩子们受了这"拯救世界"的使命的感染，感觉上基本升华成"英雄胚子"了。尤其那小男孩，立马就把自己当成偶像了。只见他一挺胸脯，庄严地吩咐羚羊："你站到天窗下，垫底儿！"然后一指小狗："等会儿我站在羚羊身上，双手平举，你就借我的内力气往上猛跳，跳出天窗后，赶紧寻几条细长而结实的山藤荡下来，我们先把这龙立方运出冰窟！"

事实证明，"英雄胚子"们倒也有些天分，至少没辱没"驯龙师"的名头。太阳落山前，那块无比珍贵的龙立方，就被三个小家伙严严实实地藏在了一棵千年古树的树洞里。那棵古树因为生在了极为陡峭的悬崖上，离村子又远，平日里本就人迹罕至，再加上小男孩又在洞口处编了一扇枝繁叶茂的栅栏门，远远望去，那树洞却成了古树上的一簇须枝，浑然天成。有这伪装，那龙立方的安全更加万无一失。

只是有件蹊跷的事，孩子们再回头寻去，那条酣睡的大蟒蛇却没了影子。更蹊跷的是，日后也再没出现过。但敬于那蟒蛇对社稷的无私奉献，加上对自己的用心调教，小男孩便建议，大家再提起他时，便统一拿"师父"来尊称。

其他二位，点头通过。

3

这夜，月亮正圆。

月光洒了满满一地，整个山岗像被水洗了一样，到处泛滥着皎洁和柔和。当年的三个小伙伴，正如期赴约。

二十年过去了，那块龙立方却并没有出现融化的迹象。

当年的小男孩，早已通过了格林村严格的层层选拔，接了爷爷的差事，成了格林村最博学的一位村长；那会说话的羚羊和小狗，

也早正式成年，他们有了各自的名字，羊叫大羚，狗叫长瘦。

二十年间，每月初一的子时，按时去树洞已经成了三个伙伴的约定。

今天，大家正在树洞里谈论村子里刚刚埋掉的两条狗和一只羊。

今天埋掉的两条狗和一只羊，就真是太可惜了。他们都是做了一辈子善事的五好村民，可是他们太年轻了，其中两条狗都要喊长瘦一声姑姑，那只羊却更要喊大羚一声表姥爷。但他们怎么就死掉了呢。他们仅仅十五岁而已。

十五岁……十五岁！

这些子孙们竟然长到了十五岁！

那大羚和长瘦呢？格林村长赶紧伸出双手屈指去算……然后缓缓抬起头："长瘦，你今年满二十了，大羚，你二十一了，二位换算成人类的年龄，你俩至少一个一百四十岁，一个一百四十七岁，按常理，都该上五十年坟了！"

羚羊和母狗相互对望了一眼，无奈地耸了耸双肩。

言外之意，我们现在正耳不聋眼不花活得滋润着呢，而且为了配合您这份孵蛋的公益事业，哥和姐至今女未嫁男未娶的，怎么说都算个爱岗敬业的小标兵。至于老是不死这个问题，我们总不能活蹦乱跳的就抹了自己的脖子吧。

格林望着眼前的"大龄哥"和"长寿姐"，心里疑惑的却是这反常的自然现象。

年轻的格林忽然心头一颤，龙立方！对，一定是龙立方！令这只羊和这条狗永葆青春的背后推手，一定是经常见面的这块龙立方！

这算是格林先生生平最准确的一次推理了。

一百年之后，望着龙立方上映出的自己年轻的面孔，老格林不由得叹了口气。身后依然健壮的羚羊和母狗，早被一茬茬的村民叫成了"大龄"和"长寿"。而那块龙立方，依然还是一百年前的那块龙立方。

岿然不动。

4

大概又过了五百年吧，老格林都懒得去记自己的岁数了。

再说，从三百年前自己就是这样一副鹤发童颜的样子，再无变化。身后的羊和狗，样子好像也只老到了三百岁，就再没往深里老下去。村子里最年长的村民，也叫不出他们准确的名字了，所以在这树洞里听当年的小男孩喊上一声"大龄"或"长寿"，他们都恨不得激动上小半年。

"大龄！长寿！快过来！"

老格林这声急促促的呼唤，却由不得他俩玩激动。

羚羊丢掉手中的牙签，母狗放下一桶刚打上来的泉水，双双迅速围了上去。老格林手中正捧了一块薄薄的冰片，嘴唇有点抖："这龙立方……怕是要融化了，这冰片，是刚刚剥落的，刚剥落的！"

大家赶紧凑到龙立方的跟前，分头仔细勘察，没费多大工

夫，那边的母狗就狂叫一声："这儿！这儿呢！"三个脑袋瞬间凑在一起，发现那龙立方的一只角上，的确有了剥落的痕迹。

格林颤巍巍地拿指甲抠了抠那凹痕，那指甲挖过的纵深处，竟像风化过的粉尘般松散，不一会儿，就被老格林抠出一个手指粗的洞孔。格林只睁了一只眼睛，撅着屁股往洞孔里瞅了半天，似乎发现了什么，回头示意羚羊把刚才丢到地上的牙签捡过来。羚羊不好意思地笑笑，自怀里摸出一根全新的，递了过去。老格林忙活半天，终于无果，便又伸手问羚羊再要牙签。

羚羊又不好意思地笑笑，就回到地上把那根用过的捡了回来。

老格林费了九牛二虎之力，终于用了两根尖细的牙签，从小洞孔里夹出了一卷硬邦邦的薄皮子。格林像捧着一个刚出生的娃娃，小心翼翼，席地坐下。身后的羚羊和母狗早急切地趴在了地上。

薄皮子被徐徐打开，那上面却是没有什么字迹的，好在有一些复杂的画。老格林拽着画卷，上下旋转了几圈，确定了正反顺序，这才仔细研究起来。画卷被分割成了四小帧。

第一帧是一座城，城头一个龙字。

第二帧是一片树，树下一个林字。

第三帧就来了故事，这一帧就画在了一个方框里，画上有一条卧着的有毛动物，肚子下面是四枚圆圆的蛋……"孵化"任务经过六百年的植入，早已在驯龙师的脑海里根深蒂固了，大家一致认为这是帮忙孵化恐龙蛋的直接提示。

第四帧才算得上匪夷所思。立方体，里面平躺着一条……狗？外面却是一只……大袋鼠？的确像只露着背影的大袋鼠，大张着双臂，让两只前爪成喇叭形伸向天空，喇叭口里一只分不清品种的小鸟，在扇动着翅膀，也分不清是要离去还是刚刚返回。

除了第三帧，其他画面，三个老家伙捧着脑袋想到了天亮也没理出个头绪。

只好作罢。

<h1 style="text-align:center">5</h1>

再次聚会时，老格林早早就捧着画卷返回了龙立方。

老格林静心研究了半天，依然毫无结果，老格林就轻轻地叹了一口气。

老格林叹完气，心中就突然悲凉了起来。他感觉自己好多年前就不再快活了，好像自己也从来没有快活过。他想到了自己这漫长的一生，只是为了年少时的一个承诺，这一生便守着一块大冰块，在这个蝈蝈笼子大小的树洞里，天天盼，天天盼，一盼就盼了几百年。自己年轻时的好伙伴、好朋友们，若有生死轮回，投胎投得都能套自己好几个圈了，他们的每一世，一定都是快活的，甚至是幸福而充实的，他们一定享尽了人世间的天伦之乐。

再瞅瞅自己。

那俩会说人话陪自己不死的宠物，算是上天对自己最大的恩赐了。那些村子里天天尊称自己为"老格林"的村民，他们没有一个是自己的朋友，他们不可能去跟一个老古董交流。关键村民们还没了进取心，这届格林反正老也不死，他们总在背后议论，就算背再多的诗词也看不到出人头地的希望，那"选举制"根本

就是掩耳盗铃，所以他们从孩童时代开始，就干脆无所事事地过着不去委屈自己的日子，遛狗，放羊，繁衍生息，一日三餐能多吃点就多吃点，熬着大夜，睡到自然醒……村子里唯一的一座学堂，好像在几百年前的某一天就坍塌了吧。哪一天呢？

老格林跟自己的脑子较了会儿真，也终于记不太清了，印象中是学堂旁边的图书馆改成草料仓库的前一天吧……老格林悲凉地回忆着一些往事，那份越来越沉重的孤独感，就层层叠叠地压了下来，像一床床用陈年棉花填充的厚被子，直压得老格林大张着嘴巴，透不过气来。

老格林突然一声号啕，接着就哭得不可收拾了。

老格林像个丢失了心爱玩具的小孩子，伏在龙立方上，哭个不停。

6

老羚羊是第二个赶到树洞的，正遇上老格林哭得最凶。

母狗长瘦来得晚了些，她是被一场无端端的梦给拖累晚了——长瘦有几百年不做梦了，这个黎明时分却清晰地梦到了一条会唱歌的鱼。那鱼儿的歌声说不出的优美，可惜不等歌儿唱完，那鱼儿就被人钩住了嘴巴，拖离了水面。长瘦非但没感觉自己和那鱼儿有多大的痛苦，那活泼的鱼儿扭动的身躯，反而令长瘦想起了自己那一大段儿时最美好的时光。记忆中，它们一样的粼光闪闪。整个梦境里，长瘦便如沐浴在盛开的烟花中。那般炫丽如虹，飞溅着喜庆。长瘦醒来就纠结着自己到底做了个美梦，还是个噩梦。长瘦纠结了很久，因为自己毕竟太长时间没有做梦了。这才误了来树洞的时间。

但长瘦并没完全错过听老格林的哭泣。那虽然早就没了震耳欲聋的音效，只剩些嘤嘤的哽咽，但毕竟是自己几百年来头一次见到老格林的哭泣，而且还是一把鼻涕一把泪的一次哭泣。幸运之下，这条母狗竟差点笑出声来。

看得出来，老羚羊的幸灾乐祸也是憋了很久了。

长瘦默念一声罪过，便怀着一颗赎罪的心，赶紧上前配合着老羚羊的羊蹄子，轻轻拍打着老格林的双肩……大羚和长瘦只道老格林定然又失了血亲，才这般破天荒地悲痛欲绝，却不曾用心想想，自从五百多年前樊神庙里的那个老猎户猝死在了父亲的坟头上，老格林哪还有什么血亲。

老格林毕竟是世上为数不多的有大修为的村长，两个部下劝了不到一刻钟，老格林就渐渐止了伤感。老格林红肿着眼睛直起了身子，总结性地用力噢了噢鼻管里汹涌着的鼻涕，却就听到了一声"毕毕剥剥"的碎响。

"龙立方！"大羚和长瘦几乎同时尖叫着，大家发现原本坚如磐石的龙立方，正不知从什么时候开始，也化作了一摊鼻涕，开始流得满地都是。

羚羊甚至兴奋地跳了起来，不但两只羊角重重地撞在了树洞的天篷上，落地时还踢翻了母狗长瘦的一大桶水。那水桶里的水就一下子涌到了水立方的液态中，却如遇到了一锅烧开的油，"噼里啪啦"地飞溅开去。

五、孵龙记

1

羚羊感觉有一点点内疚，就探过头来解释自己兴奋过度的理由："我当时就想到了这龙立方融化的秘密！一定是沾了格林村长的眼泪，才彻底融化的，格林村长，多亏您的哭……"

老格林却没好气地插了一句："哭？我刚才哭过？"

羚羊立马严肃地指正："当然，号啕大哭！"

"你们看到……我流泪了？"

这次，母狗也加入了正义的行列："当然，泪流成河！"

格林本想再赖皮兮兮地追问一句"然后龙立方就融化了"，但实在受不了这两只畜生一唱一和的默契样子，所以临阵改成了一句感叹："然后龙立方就融化了！"

结果二位却贼性不改，照样齐刷刷地回了句："当然，就融化了！"

村长终于气急败坏："还不挽挽裤腿子，赶紧下水捞龙蛋去！"

2

龙立方化作的液态，正在迅速汽化。

所以不等大家摸完第二只龙蛋，四只龙蛋就全部浮出了水面。说实话，这龙蛋看上去，实在普通得很，个头倒有椰子一般大小，蛋皮非但没有镶金镀银般的流光溢彩，甚至较最常见的鸡蛋鹅蛋都粗糙得很，怎么看都不像孕育着"天下第一瑞兽"的龙蛋。

不甘心的母狗正捧起最大的一枚，就着洞口的阳光透视，嘴里嘟囔着："这真龙天子真的是传说中的'头顶五彩冠，身披黄金甲'吗？"结果瞅了半天也没达到目的，这条狗就侧着耳朵，用力摇晃起来。

"算了算了，再摇就散黄了！"怀里已抱了三枚龙蛋的老格林自长瘦手中抢过最后一枚，一边吩咐羚羊把画卷展开，将四枚龙蛋悉数包在一起，复又抱回怀里。

此时的龙立方，刚好蒸发得一滴不剩。

"你俩谁有孵化的经验？"

大龄剩女和大龄青年同时摇了摇头。长瘦还故意指了指自己腹部："村长，哺乳动物都是胎生，鸡才是卵生。"

"那你就去跟鸡学习学习！"这差事交给一条母狗倒也不算太欺负她。老格林再扭头找到正在偷笑的羚羊，"那这四枚龙蛋的安全，就交给心理驯龙师大人了，从现在开始，您就要与这四

枚龙蛋寸步不离，直到长瘦把他们逐一孵化出来。"

羚羊一想到马上要丧失的人身自由，嘴巴赶紧噘得老高："村长，这心理驯化……我感觉有点早吧？"

老格林也面色一沉："不早，全当胎教！"

3

成功孵化出一枚蛋，并没多少技术含量。

至少母鸡们是这样认为的。她们甚至一次能同时孵化出十几枚。母鸡因为特殊的生理构造，生完蛋后，体温便会自然上升，然后那些鸡蛋就会在妈妈高体温的身子下，安心等待二十多天，准时破壳。只是要记得定时把鸡蛋翻个个儿，这样才会受热均匀——几只经验丰富的老母鸡最后还着重作了强调。

虽然她们并不理解一条母狗为什么会如此热衷去研究母鸡的活儿。

4

长瘦支支吾吾向村长作了关于母鸡孵蛋的汇报。

长瘦先说了二十多天的孵化日期，再说了定时把鸡蛋翻个个儿。

长瘦最后才提到母鸡的高体温，母鸡在孵化期的体温要保持在四十度……不等村长表态，长瘦就赶紧伶俐地说，他最严重的一次感冒，也不过发烧到了三十八度五。而且只维持了三分钟，就抽风抽得口眼歪斜。

　　老格林并没强迫母狗长瘦发烧发到四十度，然后抽风抽得口眼歪斜。他只是安排村民把长瘦孵化恐龙蛋的狗窝下连夜打造了一盘土炕，然后把炕上的温度烧到了四十度。

　　幸运的长瘦。

　　但不出三天，长瘦的狗肚皮上，就开始生出了一排排的红痱子。

　　因为个头原因，长瘦一次只能孵化一只龙蛋。但二十多天过去后，那只龙蛋却依然静悄悄地躺在狗窝里，不动声色。长瘦脑海里正被一条威武神勇的龙儿子充盈着，日子倒不怎么难熬。一咬牙，又一个二十多天就过去了。

　　狗窝里却依然狗是狗，蛋是蛋。

　　以前每天来一趟的老格林，现在至少每天来十趟，他明显感觉那条任重而道远的老母狗有些"产前抑郁"的先兆。而擅长心理开导的老羚羊又远在树洞里日理万机地搞胎教，安抚孕妇的工作就只能自己一肩挑了。

　　这天，老格林一边陪着长瘦聊天，心里却掰着指头数日子。这枚固执的恐龙蛋已经在狗肚子下整整赖了三个月了！受尽折磨的母狗早已没了半点做龙妈妈的兴趣，勉强睁开一双生满眼屎的眼，喃喃问了句："村长，这枚恐龙蛋不会给焖熟了吧？"

　　这句感人的关爱更像一句诅咒。

　　老格林自然不会去正面应答，只是近前试了试恐龙蛋的温差，小声小气地建议："长瘦，这恐龙蛋得翻个个儿了，翻翻，翻翻……"母狗就懒洋洋地站起身，老格林迅速抱起恐龙蛋，翻

了个个儿。

母狗却迟迟不去卧下。

"最近我一直在怀疑师父的话。"长瘦显然一心想寻到让自己中止孵蛋的佐证，这满肚皮的红痱子实在奇痒难忍，"他口口声声说这恐龙蛋是活生生的，你想冰窟里的温度那么低，那龙立方中的温度又更低，什么蛋冻不成石头啊！"

老格林示意母狗先卧下再说，最近他也研究了些与孵化有关的学问，这孵化中的蛋是最怕忽冷忽热了，一不留神就闪成毛蛋了！

长瘦却只顾拿两只前爪"吭哧吭哧"地挠肚皮。"这石蛋能孵化出来才怪呢！"在老格林近乎哀求的目光下，长瘦又赌气般加速挠了两下，才停了手。

这次却就出了异相。

长瘦感觉自己带了血痕的肚皮接触上蛋皮不久，那枚龙蛋突然不安分起来。长瘦近乎惊喜地望着格林，嘴角渐渐就咧到了耳根子，直到用了一种无比怪异的音调，小声说道："村长，他动了，刚才，他动了！"

正眉目黯淡的老格林，瞬间满血复活，两只眼睛里全是精光："动了？他真的动了？你感觉到他真的动了？"

母狗哪顾得上回答，身子下的那枚龙蛋何止动了，不等长瘦躲闪及时，那枚龙蛋竟急速地翻滚起来，然后就像一枚暴躁的皮球，从狗窝里一跃而起，弹到了土炕下的地面上，如此反复弹了几个回合，越弹越高，直到高过了老格林的头顶，再落下时，就听到了一声杯子碎裂时的声音……然后跃起的，就不再是一枚蛋的影子了。

那俨然变成了一只嘴巴轻佻、暴眼长牙，有着壁虎模样的小怪兽！

5

这就是……小神龙？

母狗长瘦双手紧卡着"壁虎"，一脸泪汪汪的苦闷相。这三个月里，长瘦幻想了不止一次的真龙形象，但每一次都不外乎神勇威武、相貌堂堂、动不动就会变成白马王子般的俊俏模样，想想有这般出息的儿子，自己受再多的苦也就值了。现在却让她望着这张鬼头蛤蟆脸，承认这就是她日思夜盼的小龙子！

这哪是什么神龙，这压根就是哪条鳄鱼什么的孽种！

长瘦狰狞地瞅了瞅正旺着的火堆。

老格林赶紧冲上前去，奋不顾身地把这条变种龙崽从母狗的魔爪里解救出来。"小鳄鱼"竟然天生能说一口流利的话，在格林怀里挣扎着，嘴巴里不停地喊着："妈妈，妈妈，我要找妈妈……"

老格林乖乖地一笑，问道："哪个是你的妈妈？""小鳄鱼"可怜巴巴地一指气呼呼的母狗。老格林只好把孩子往母狗面前一递："这毕竟是你亲自孵化的，再说他都认你了。"

长瘦执拗半天，终于拗不过体内母性的蔓延，这就把一只狗爪子的食指伸过来，让小家伙抱着吮。

老格林边看边喜上了眉梢："是个男孩儿。"

6

老格林终于从落在地上的两瓣蛋壳的内壁上，得到了这枚龙蛋的基本信息。

蛋壳内壁上全是密密麻麻的小文字，博学的老格林自然读得轻松，原来，这是一枚棱齿龙的蛋。棱齿龙，上古恐龙的一支，好在只吃草。

长瘦早已忘了理想中的神龙形象，正抱着儿子让格林给起名字呢，格林望着虎虎生威的小子和手中的蛋壳，脱口吐出了两个字：虎壳。但长瘦感觉最后的"壳"字是平声，与孩子的霸相不符，再说"壳"字毕竟有泄露儿子身世的隐患。

所以一意孤行，把"壳"字改成了"克"。

7

虎克是第二年立冬前失踪的。

当时虎克妈刚给他织完一件全新的狗毛外套，却到处都寻不见他。这一年来，虎克是极少出门的，他虽然总是穿着妈妈用自己的毛发织成的外套，冷眼一看与一条土生土长的狗没啥两样，但虎克妈依然禁止他随意出门，更不许他与那些七嘴八舌的邻居交流。

虎克妈总有些无端端地提心吊胆，仿佛厄运随时会降临。

虎克还是在第二年立冬前就失踪了。

虎克妈就从那个冬季一直哭到来年开春。

直到格林村长又送来一枚蛋。

8

第二枚蛋的孵化，套路基本没变。

只是孵化的时间上提前了两个月。虎克妈早就意识到了肚皮上的血痕才是孵化成功的关键，所以提前两个月，就挠破了肚子上的皮。

这次是个女孩，格林村长赏了她个"伊克"的名字。

孵出伊克的蛋壳内壁上，注明这是只鹦鹉嘴龙。吃什么无所谓，长得就惹人爱。

伊克妈对伊克的抚养也基本没变，所以当年伊克失踪的季节也基本没变——那年的冬至后，伊克也失踪了。"怎么就失踪了呢？"在狭窄的小树洞里，笑了大半年的伊克妈又在哭。腊月的风很冻人，她却哭出了一身汗："这丫头这么小，她都比虎克小呢，能去哪儿呢，怎么就失踪了呢！"

老格林并没说多少安慰的话，只是悄不作声，又从羚羊怀里抱过一枚蛋。

9

冬季里孵蛋，是要费大力气的。

老格林几乎烧光了整个村子的柴火，伊克妈每天都疯了似的把肚皮抓得血肉模糊。第三只恐龙还是慢腾腾地等了四个月，才

破壳出来。

燕子都飞回来十多天了。一只正在筑窝的燕子受了这小怪物的惊吓，嘴巴里衔的泥便漏了下来，正落在了小恐龙的头顶上。老格林一步闯了进来，看到恐龙头顶的异物，禁不住狂喜一声："骨冠龙！"

那刚裂开的恐龙蛋壳，却给老格林迎头浇了一瓢冷水。

蛋壳的内壁，歪歪扭扭却明确地写着：冥河龙。

伊克妈很惊讶老格林为什么会神采飞扬地喊什么"骨冠龙"，然后又像个输光的赌徒一样神色黯淡，伊克妈对子女们是什么品种的恐龙并不在意，她只在意他们叫什么，她一边细心清理着小恐龙头顶的泥巴，嘴里照旧向村长讨着名字。多少有点失落的老格林，漫不经心地丢了一句："泥……叫尼克吧。"

老格林说完，就直奔融化了龙立方的古树洞。

六、一封来自远古的信

1

尼克几乎是在老羚羊的期盼中失踪的。

老羚羊实在盼着赶紧让最后一枚龙蛋出手，再不离开这个破洞，自己早晚会像这棵树一样，把根儿扎在这片土地上。尼克本也不怎么争气，兼具了侏儒般的体形、麻雀般的叫声和绵羊般的怯懦性格，所以失踪后，连尼克妈这次的悲伤都浅薄得多了——三位驯龙师聚在古树洞里，面对着最后一枚恐龙蛋长吁短叹时，尼克妈的泪基本全都流给了一年前的伊克和两年前的虎克。

格林见气氛渐渐变得缓和，才蹑手蹑脚把包有最后一枚恐龙蛋的包袱从羚羊怀里拎来，小心打开，再将收藏的六块蛋壳在画卷上仰天摆好。

"我有个秘密，隐瞒了大家。"老格林低垂着脑袋，拨弄那几块蛋皮，"上次，羚羊大师在这儿踢翻了水桶，弄湿了画卷，这画卷见水后，现出了一些文字。"

尼克妈赶紧揩干眼泪，与羚羊一起伸头去瞅。那画卷却被格林双手托起："我来念念吧！"这是一封长信，来自远古的恐龙时代。

亲爱的热心肠的朋友们：

能读到这封信的，一定是些热心肠的朋友。

我不知道这个世界还存活着多少只恐龙，因为我已经很久没见到我的臣民了。

这次恐龙王国的臣民消失得极为干净，一年来我连他们的一具尸首都没有找到，所以我身边的泪王子和口中的复活咒语就没了用武之地，恐龙可能真的要灭绝了，作为这个王国的国王，我真的回天乏术。

气候越来越冷，我们收集的四枚恐龙蛋，是没有办法孵化的，太阳比恐龙们失踪得都早，这灰蒙蒙的天已经维持了五年，我们早就找不到一块被太阳晒得暖烘烘的沙滩了，这四枚恐龙蛋注定是没办法孵化的。但这可能是恐龙一族留在这个世界上唯一的血脉了，所以我打算将这四枚恐龙蛋封存在我们龙族的圣物"龙立方"中。

恐龙王国的灭绝，早在几百年前就有了先兆。

恐龙并非天生冷血，传说我们的祖先，血液都是温暖的，他们的心肠也是热的，他们从不残暴地对付别人，他们甚至尊重每一株植物，他们只从森林中摘取适量的树叶充饥，他们最坚硬的骨头不是用来保护四肢，而是保护头脑，他们的体形很小却极其聪明，其他恐龙从他们那儿有学不完

的知识。

他们叫作骨冠龙。

可惜后来气候越来越冷，一部分懒惰的恐龙便投机取巧起来，他们不再去寒冷的树林里劳动了，饿了就偷食其他恐龙辛苦摘回来的树叶，他们的心肠渐渐冷漠下来，血液的温度也随着气候凉了下来。最后，他们就只去费尽心思打磨自己的牙和爪子，知识的学习就不再重视了，他们的脑容量不断减少，四肢却出奇地粗壮。

他们终于戒掉了偷树叶的坏毛病，他们改成了抢。直到在一次抢劫中，他们把一只羸弱的小恐龙抓得血肉横飞时，一滴小恐龙的血就飞溅到了一只强盗的嘴里。他们终于又戒掉了抢树叶的坏毛病，他们改成了捕食植食龙。

这就是后来的肉食龙。

肉食恐龙的出现，令整个恐龙王国无时无刻不笼罩在血腥、残暴、恐惧的阴云下。可惜越到后来，竟有越来越多的文明而弱势的骨冠龙，通过思想的堕落和畸形的锻炼，纷纷加入到了野蛮的肉食龙行列。当然，越到后来，肉食龙捕到的骨冠龙也越来越少了。

身为国王的我，只好在每一只骨冠龙身上下了一个小小的血咒：食我者亡！

结果，恐龙就灭绝了。

但我发誓，我不是故意要让恐龙灭绝的，我甚至在给每一只骨冠龙下血咒的时候，把复活术都教给了他们，并且千叮万嘱，哪怕对方死前有一丝丝悔悟的心，就要立即用"复活咒语"去解除血咒。

唉，一定是那些食肉龙把小巧的骨冠龙一口吞了下去，自己想不死都难。

但我依然后悔莫及，是我害了整个恐龙王国，这四枚龙蛋中有一只骨冠龙，若您好心把他孵化出来，这"复活地图"就是龙族馈赠你们的礼物。骨冠龙凭借咒仆"泪王子"念出"复活咒语"，世间万物就会死而复生。

但我不确定，亿万年之后的这只骨冠龙，还遗传了多少祖先的文明基因，所以我要考验他最基本的聪明和坚忍。他要根据地图提供的线索，细心寻找的"复活咒语"；他不能落下一滴泪，否则，与他如影随形的咒仆"泪王子"就会灰飞烟灭，咒语法力尽失，复活术也就不复存在了。

热心的朋友，我愿拿出恐龙家族全部的诚心，祝你们生生不息，永世不灭。

恐龙王国国王

书于恐龙纪一亿四千九百六十三年

2

"龙蛋"的一切，终于真相大白了。

最后一枚蛋孵化成功后，蛋壳上一片空白，并没出现"骨冠龙"的字样。

长瘦吸取了以往的教训，并不再像宝贝一样地去溺爱。她学了左邻右舍的主妇们，一天到晚，抱着儿子在吵吵嚷嚷的大街上晒太阳。老格林意味深长地为小恐龙取名"德壳"，"壳"字依然被母狗改成了"克"。

生了异相的小德克，一开始并没受到什么歧视，那些格林村的娃娃们，都对这个绿鼻小秃子包容得很，天天与他嬉笑玩耍在一起，分不出彼此。

直到格林村突然发生了一场不大不小的瘟疫。

这瘟疫倒也与以往的瘟疫不同，它并不让传染的村民痛痛快快地死去，而是毫无征兆地就口吐白沫，不省人事。熬过两三个时辰的痛不欲生，却又像好人一般，又吃又喝，有说有笑。只是隔不上一天半日，又再毫无征兆地发作起来。

这瘟疫的蔓延，是大体以德克妈的狗窝为中心，呈爆炸状往外辐射的。

毋庸置疑，这瘟疫一定与德克家脱不了干系。说白了就是与德克脱不了干系！德克"超凡脱俗"的相貌，终于被推上了风口浪尖，患者家属每天都聚集在格林家前，指名道姓要求把没满月的小德克赶出格林村。

3

"舆论压大很大啊！"

领头躲在树洞里开驯龙师碰头会的老格林，一脸愁容，那些原本不太明显的皱纹，紧紧地挤压在了一起，倒像一下子苍老了十岁。"这瘟疫怎么就偏偏从德克妈的狗窝里传播出去呢？那恐龙的书信中可对此从没作过交代！"

"但这件事总要尽快平息的好。"德克妈只是着急儿子的处境，却想不出什么可行的法子来，只是诉苦，"德克都三天不敢出门了，他先前的小伙伴都受了家长的训诫，不得再与他靠近，德克每次出门都是自己孤零零地在大街上游荡，我感觉他很伤心……"

"没掉眼泪吧！"老格林仿佛被针扎了屁股。

德克妈赶紧摆手："没没没！我不止一次警告他，妈妈最讨厌哭哭啼啼的男孩子，只要你哭一次，妈妈就会失望死的！德克是个非常孝顺的好孩子，有好几次，他被淘气的孩子们推倒在锋利的石阶上，他都没哭，但看得出他忍了很大的疼痛……"

老格林的担心得了宽慰。

"这次瘟疫的症状，我查阅了所有的古医书，发现与记载的羊角风极为相似。羚羊大师，是不是自从你住回了与德克妈家相邻的屋子后，村子里就发的病？"

老羚羊突然遭此质问，第一反应，就是被劈头扣了一口黑锅。"村长明鉴啊，我老羚羊可是搬来格林村六百多年的老荣誉住户了，就拿这次的回村子来说，为了不引起村民的怀疑，我是大门不出二门不迈，连我最想见的大外甥德克都没机会瞅上一眼，您这脏水可不能往我身上泼。再说，咱村子哪一次的瘟疫蔓延不是因为外来物种的突然入侵，自从格林村民不再吃您父亲打回的猎物以后，瘟疫是不是就近乎绝迹了？这次流行的口吐白

沫，说不准是哪边飞来的蚊虫叮咬了几口，交叉感染了呢！怎么就怪在了我的羊角身上！"

老格林并没在意老羚羊穿插其中的几句指桑骂槐的话。

这事说来也的确不是一件小事。任何一类生物，如果在某一次的瘟疫上被冠了名，那可真就遗臭万年、丢祖宗的大脸了。一想到当年因"禽流感"与"猪流感"的冠名问题而引发的冲突，老格林就心有余悸。那一仗战死的家禽与野猪，比在瘟疫中病死的数量都多。

羚羊的态度就情有可原了。

但羚羊的黑锅却暂时卸不得。老格林稍稍朝前凑了凑，艰难地吞了几口唾沫："羚羊大师，我们的责任就是为了让德克顺利地长大成才，寻到复活的上古法术。现在，整个格林村都对他生了误会，我们必须坚决制止住这类事态的发展。那羊角……噢，那流行的疯病，说来并不难治，我已经试了些方子，颇有成效。但现在需要的是找个瘟疫的携带者，让格林村民安心，给村民们一个交代，才能堵住村民的悠悠众口，否则德克迟早是个麻烦。大师，我们可都是身负天下苍生之重任的驯龙师啊，吃不得这点委屈，我们何谈粉身碎骨、万死不辞啊！"

"唉，唉，别哭别哭！村长早这样好说好道，我不就早应下来了吗！好好好，那口吐白沫，就叫羊角风啊，明天我就离开格林村，反正待在这村子里也不敢露面，天天跟做贼似的，正好得空去沙漠腹地，回趟我的老家……"

老格林止住了哭声，却又揩了几把眼泪。

德克妈正在格林和羚羊之间来回叩拜，嘴里不停地感恩戴德。

4

村长挖空心思的"移花接木"，仅仅管了两个月的用。

"羊角风"被压制了两个月后，来势更加凶猛了，先前的口吐白沫，都发展到了口吐苦胆。家属一眼瞧见病人半张脸上哗啦啦的苦胆汁，无一例外，就会立马想到德克那枚妖里妖气的绿鼻子。

这次围住格林家的人数翻了倍，后来挤不到位置的，就有一半去围德克妈的家。他们并没为两个月前受了冤枉的老羚羊说句公道话，他们感觉那两只弯弯曲曲的"羚羊角"也迟早会作怪，只是这次没争过"绿鼻子"而已——都是些妖孽的标签！

格林村何等圣洁，断不可藏污纳垢！赶走了长羊角，还要赶走绿鼻子，我们坚决不要再受这吐白沫、吐苦胆的罪！说来也怪，吃了几服老格林煎制的中草药，其中本有些病情好转的，却一不小心瞧见德克的绿鼻子，仿佛受了条件反射，又"哇哇哇哇"地狂吐起来，一气又吐成了奄奄一息。所以现在村子里的危急病号，基本都是见过德克和他的绿鼻子的。

这无疑为示威者提供了强有力的佐证。

"这德克压根就是个妖孽！"

"德克的克，原来是相克的克啊……"

"据说，人家格林给起的名字里，原本是蛋壳的壳的！"

"这德克妈真是条恶毒的母狗！"

这类的叽叽喳喳，很快就肆无忌惮起来。它们像节日里放飞的气球，呼啦啦飘到你望不见的地方，就开始噼噼啪啪地爆裂，留下一天空花花绿绿的碎屑。德克妈却只是一声不吭，怀里不松不紧地抱着睁圆了眼睛的儿子。

德克发现，妈妈的眼神和呼吸，都像结了冰一样的平静。

5

这是三个驯龙师短期内不多见的又一次聚会。

老格林正借着大乌鸦的嘴，在与羚羊和母狗商量针对德克的后续安排。"我原本想，至少让德克长到一岁，确定他是不是'复活地图'上说的那只骨冠龙。现在看来，形势不太好了，德克如果再不离开，说不定就会遭了毒害。那些病人的家属，正越来越疯狂，倒比那些病人都病得厉害。这不读书……唉，野蛮的刁民啊！"

老格林对自己的村民简直失望透顶。

"加上乌鸦的聚集，德克是只冷血动物的秘密，很会就会泄露了。人人都知道，只有大量死人和冷血动物的气息，才会招引那群扫把星。而目前虽说格林村正在闹瘟疫，却并没死几个居民……"老羚羊千里迢迢从沙漠腹地偷偷赶来，话却多起来，可见独自在沙漠里流浪，日子并不好过。

德克妈一直保持着平静："这么说，德克是必须要离开格林村了，是吧？"

现场一片寂静，没人回答。

德克妈就继续说："德克虽说只有三个月大，却是四个孩子中最早懂事的，他不但勤劳、善良，而且聪明，我教给他的学问他都掌握得很快，他像当年的格林您一样，过目不忘。如果'复活地图'所言不虚，我相信这就是那条骨冠龙。也罢，不经磨砺，难成大器。二位大师就想个万全的法子，让德克赶紧离开吧。"

出鬼点子这活儿，村长在行。

格林朝着德克妈深深地鞠了一躬，然后只用了不到一刻钟的时间，就勾勒出了一个可以让德克心甘情愿离开格林村的好点子。实用倒实用，只是有点馊——格林要求德克妈去寻死。只要德克妈寻死，德克才能通过"无意中"发现的一张"复活地图"，相信自己会在沙漠腹地找到救活妈妈的复活术，从而心甘情愿离开格林村，还不气馁。

至于德克出走后，一路护送的任务，自然是心理驯化师的分内之事。

老羚羊连连表态，大家放心，自己早已踩好了点儿，就在地图上标注的必经之路上候着那小子。然后在必要的时候，亮明彼此的身份。但老格林依然有些忧心："此次沙漠之行，注定危机四伏，凭羚羊大师一己之力，恐难做到万全。大家有没有感觉到，自从龙立方融化后，我们是不是开始衰老得明显起来？我们可能不会再像以前那样长生不死了，即便德克成功地获得复活术，为防不测，我们也该发展一代年轻的恐龙驯化师了。羚羊大

师，此行路上，若有品德能力超群的年轻者，倒不妨琢磨一下。还能在路上助你和德克一臂之力，一举两得。”

老羚羊诚心应下，这就要准备行囊。

却听德克妈轻声建议：“羚羊大师至今不识得我家德克的相貌，此时正值午夜，德克想必也睡熟了，要去瞅上一眼吗？”

羚羊迟疑片刻，还是摇了摇头。

“机会还是留给你吧，辨识一只绿鼻子恐龙，哪能难倒我堂堂心理驯龙师！”羚羊说着，就起身与二位道别，一头扎进了沙漠。

那一夜，德克妈却并没有多看德克几眼，她只顾得在收集的仙人掌里，选了一块最有年头的，为明天出行的德克掏了一间小小的“行宫”。“行宫”是沙漠中最实用也最奢侈的一种交通工具，它需要用一整株上百年的仙人掌手工掏就，有此行宫在沙漠中行走，日可遮阳，夜可避寒，而且在沙漠中如履平地，轻便得很。

老格林也并不轻松，他足足想了一夜的心事。

老格林的心事仿佛一夜之间就多了起来，理也理不清。

6

第二天，正巧下了一场小雨。

德克先是兴高采烈地在妈妈送他的小行宫里玩了大半天，然后就去细雨中为“有一点头疼”的妈妈掏了一捧水……没多久，老格林就宣布，妈妈去世了。

德克妈的去世，并没为德克在村民面前赢得多少同情和谅解。德克甚至还没来得及为妈妈突然的去世伤上一会儿心呢，就迎面来了一群疯掉的居民，他们不限品种，不限年龄，个个手里握着长短不一的棍棒，嘴里喊着一声高过一声的"克死妈妈的恶魔"，一溜烟把德克追打出了格林村。

好在德克到底没有放弃手中牵着的小行宫。更好在德克躲进行宫里，想痛痛快快地哭一场时，受了颠簸的屋顶上，就落下来一张巴掌大小的薄皮子。那薄皮子上的文字和图画，德克恰好不生疏。

后来的事情，大家都知道了。

七、带风帆的小行宫

1

羚羊和德克就这样闷不作声地在风沙里赶着路。

没过多久，师徒二人就来到了德克藏匿小行宫的地方。根据"复活地图"的标注，他们此行的第一站，是一个标了"龙"字的小城。那该是一座住满了恐龙的城堡，说不准就是德克的老家呢。如此小众的群落，自然要生在沙漠里的纵深处，距离是近不了的，行程也需个把月吧，而这期间，最致命的危险无非是夜间里毒虫的袭扰和突如其来的沙尘暴。

带上一座小行宫，确是明智之举。

羚羊跟着德克，在一大片生满仙人掌的沙地里兜了几圈，那小行宫果然安安静静地停靠在原地，早被德克擦得绿油油放光。德克很自觉地把两条藤条都握在手中，羚羊要上前帮一条都被他友好地拒绝了，德克知道，只需用一点点力气，小行宫就会飞一般地滑动起来。

这次德克却差点把自己拽了个大跟头！

德克又用了两倍的力，那小行宫依然纹丝不动。德克低头瞅了瞅屋子底端的两片竹条，并没有被埋的迹象，可为何整座小行宫就像生了根一样，无端端就拖拽不动了呢？老羚羊想再次上前援手，依然被德克抬手制止了。面对自己最心爱的小行宫，德克并不想用蛮力来排除未知的故障。

德克正要打开那扇小行宫的门，检查一下内部。

那门却悄无声息地自动开了！

2

德克大惊之下，禁不住往后跳了一大步。

羚羊却轻轻地皱了一下眉头，就放下心来。门框里正站着一只兔子，头顶草圈，双手不停地往嘴里塞胡萝卜。

兔子王并不等嘴里的胡萝卜完全咽净，就开始数落羚羊和恐龙的不仁不义。喷薄而出的语音与疾速下咽又嚼得不太彻底的胡萝卜屑子，终于还是在兔子王的喉咙里起了冲突，兔子王大咳了没几下，小兔脸儿就成了蒸螃蟹。

羚羊和德克一声不吭，耐心地等待兔子王处理着内部矛盾。却突然听到身后一个尖锐的声音，夸张地叫："瞧瞧，瞧瞧二位老师把我们家大王气得，脸都红了！"

正是兔儿国的眼罩。

眼罩却较昨天有了大变化，原本横捆在眼眶上的两只长耳朵，竟大喇喇地垂在了脑后，即便这只兔子没回头，德克也能想

象到它椭圆形的后脑勺上那片光秃秃的头皮，不由摸了一把身上的毛衣，生出了些感激。德克就轻轻笑着问眼罩："怎么，换发型了？"

"明……明志！"

或许眼罩感觉接下去针对自己发型的解释，是件极其神圣的事情，语调就切换到了羚羊老师的沉稳，自然又结巴起来。"为了帮大……大王……找回二位……好……好朋友，哥们这……这是……换发型……以……以明……明志！"

在眼罩嘴里，"结巴"和"巴结"，显然并不冲突。

以兔子王目前的窘况，哪受得了这节奏。可怜那眼罩"志"字未落，就被兔子王拎萝卜一样拎住长耳朵，甩到了身后。

兔子王满腔的抱怨虽没消停，却也不好继续恶语相向了，无所适从下，干脆扭头从德克的小行宫里再摸出一根胡萝卜，"吭哧吭哧"啃了起来——德克这才注意到，自己的小行宫竟有一半的空间被摆满了胡萝卜！

这只不要脸的白兔子，是要拿自己的小行宫做胡萝卜窖呀！

不等骨冠龙的火气爆发，爬回来的眼罩，就及时尖叫道："二位老师，你们这大半天在路上弯弯曲曲地绕，是不是担心我们一路跟踪啊？二位老师却不知，我兔子国的臣民遍布天下，要了解你们的去向，何需跟踪啊？"

眼罩小心翼翼地瞄了一下大王的脸色，怕一不留神哪句马屁再拍马蹄子上。

如果部下不结巴，兔子王还是挺大度的。眼罩就开始肆无忌惮地撑起腰来，说在自己英明的大王的指挥下，兔子们不但及时地掌握着羚羊和德克的一举一动，而且连二位说了几句话，什么内容，用的什么语气，包括每句话的停顿间隔，都分毫不差。眼罩甚至一语道破了"德克是条骨冠龙"和"骨冠龙是恐龙祖宗"这样"天机"级的大秘密，来证明自己的所言不虚。兔子王看上去得意极了。

有个称心的下属真好！

眼瞅着羚羊与德克张大了嘴巴，面面相觑，眼罩却不知从哪儿又抱来了一卷布料。眼罩也不说话，只挤到众人中间，就地展开，才发现那块长方形的布料两头，是卷在两根直而细长的胡杨棍子上的，其中一根德克眼熟，就是当初打昏自己的那根闷棍，只是被削细了些，颜色也由当初的黑不溜秋，露出了奶白色的新茬儿。

东西展开，兔子王就与眼罩一人举了一根棍子，棍子中间有长方形的布料连接着，要不是布料上干干净净，没沾染半点黑的或红的字迹，两只兔子倒像要上街去游行。兔子故意等了会儿才开口："我知道德克作为一只恐龙，要找你们家族的复活术，你一定是要回老家的，我也知道德克的老家一定是——龙宫！对吧？就海底那个！"

老羚羊修养到位，只是停了脚步，回头欣赏着兔子王近乎神经的想象力。德克却就直接在心里笑出声来：猪也不会联想到，恐龙的老家是海底龙宫吧？阁下从哪儿看出我是用腮来呼吸的？笑归笑，德克却向老羚羊学习，一声不吭地盯着大白兔，满眼的

鼓励。

兔子王这才抖了包袱。

原来，两只兔子举在手里的，正是兔子王发明的"船帆"，专备航海所用。这帆布是用了捉德克的细网丝，密密地编织而成，那两根"桅杆"果然是眼罩的兵器，根据重量和坚韧要求，削成了合适的粗细。兔子王说着，就把两根"桅杆"插入行宫底部两条竹片的小孔里，那解下的两段藤条却被他各自拴在了桅杆上，作了调节"船帆"方向的牵引。

不得不承认，小行宫经此改造，确实有了大进步。

当兔子王像个水手一样，从天窗里拉动着两根藤条，令小行宫在经久不息的大漠风沙中徐徐前进的时候，老羚羊和小德克才打心眼里佩服起来。德克依然在笑，只是笑里变化了内容。老羚羊毕竟是块老姜，这就防备起对方敲竹杠："兔王兄弟，您这又是送食品，又是进行技术大攻关的，不会有什么非分之想吧！"

兔子王倒不惺惺作态，只是又摸出一根胡萝卜，像个婴儿抱着一只总也吃不完的奶瓶，天真无邪地啃。

3

兔子王是在啃完第二根胡萝卜时，才吱的声。

"冲我们兔儿国的贡献，去寻找复活术的队伍里，是不该有兔子的一个名额啊？"羚羊大师很明确这"一个名额"背后的含义。兔子王是惦记上这趟"自驾游"了。

老羚羊却毫不犹豫，愣是一口答应了："好啊，我们正缺人手呢，再说那小行宫的船帆也需要一名大力水手，谁报名啊？"

兔子王并没预料老羚羊会这般痛快，自己倒先乱了方寸："这报名……兔儿国都是些小胆子货，力气又跟不上，看来，只能由我亲自出马了！"兔子王并不喜欢探险或卖大力气，他对这个小团队的尽心，完全在于那门复活术上——他得救活自己的父亲。

兔子王实在太为自己的父亲叫屈了。那么一只才华横溢、乐善好施、品种优良的大白兔子，就生生被人逮去炖了萝卜！兔子王恨死了那个该死的蒙面猎人，也恨死了这总被人喜欢拿来炖兔子的萝卜，总有一天，他要把世上所有的萝卜都啃个精光。但好像这天下的萝卜，并不比该死的猎人少，啃多少年了，它们照样层出不穷。

老天开眼，兔子王恰就遇到了这一心去寻找复活术的小团队。

兔子王正庆幸自己得到了老羚羊的认可，却不小心杀出个眼罩来。大家都看得出来，眼罩接下来奋不顾身地与兔子王争这报名的名额，心里想的绝对是身先士卒、赴汤蹈火、为君分忧什么的，完全是出于对大王的爱戴。

大家也看得出来，这次眼罩被攥着脖子甩出老远，实在是兔子王的无奈之举。

八、一座龙城

1

"龙"城虽不好找，德克一行却没费多少工夫。

一则这加了船帆的小行宫提高了行军效率，二则这漫山遍野吃着草的兔子，还真不全是些草包，每条道路的拐角处都会作上标记，前面的路况也能提前进行侦查，再加上一路上有只快嘴的兔子，感觉日子就过得飞快。

一个月的路程，眨眼就到了。

三位面前，正是地图上所指的"龙"城。虽然周围的一圈城墙参差成了狗牙，但那高高的城门上，的确用了极为内行的正楷，规规矩矩地刻着一个"龙"字。深邃的笔画中应该涂过朱砂，只是那原本殷红的底子经过常年的风沙，过于斑驳了。

德克顾不上劳顿，独自跑到城门下，仔仔细细，上下左右地打量着，绿鼻子也一耸一耸，仿佛要努力嗅出点家乡的味道。羚羊越过乡愁兮兮的德克，漫步上前，挺直了身板，轻轻拍打了两下破门上的锈铁环，温柔地喊道："请问，有人吗？"

兔子王却没那等教养，几个蹿跳，就偷偷蹦过了围墙的缺口。"吱呀"一声，羚羊刚要作揖，开门的却是兔子。兔子一本正经地盘问羚羊："阁下是哪儿来的老羊啊？什么品种啊？"

可惜，这实在不是个开玩笑的好时机。羚羊身后的德克见大门开了缝，一想到这门内极有可能聚集了自己大量的同类和能救活妈妈的咒语，内心压抑了太久的期望突然迸发，脚下生风，疾速冲了过去。若非兔子身手敏捷，被这骨冠龙的头骨撞碎的，可能就不止这两扇腐朽的木门了。

羚羊和兔子醒过神来，赶紧一路尾随了过去。

追不多远，就发现德克站在一片废墟前，独自发愣。有几只老鼠大摇大摆地信步经过，看到三个大块头，也没显出惊慌失措。但显然其中的一只在嘀咕着什么，兔子王赶紧拿爪子把两只长耳朵竖了竖，那细如蚊声的窃窃私语却也能听个大概。

"……又是一群……想来求雨的吧……这年头……当傻子很时髦吗……咬着个名字……就能随随便便上钩……"

兔子王一边偷听一边适时转播，眼瞅着耗子们就要钻进那堆建筑垃圾了，老羚羊目光一凝，几个箭步跳到了他们跟前，挡住了去路。几只耗子终于慌了，也不去小声小气了。有几只更是一边四下逃窜，一边口无遮拦地骂："你个大灰，一口咬定都是些吃草的羊，看刚才那几个跳跃，不明显是只猫吗，披了张羊皮就闪瞎了你的眼……"

老羚羊并没撒开蹄子像只猫一样把他们一一捉拿归案，他只

把那只被骂作罪魁祸首的"大灰"堵在了一头被封死的烟囱里。老羚羊捉耗子毕竟不是拿来吃的，他只是想打听一下这"龙"城的现状。

老羚羊展现出了从未有过的诚恳。他先把自己的前腿屈跪下来，又把一只羊头平放在地面上，不但让两只眼睛能与烟囱里的小耗子水平对视，而且全身最不友好的两只羚羊角就齐根卡在烟囱口的上沿上，小老鼠也就眼不见心不烦了。羚羊然后尽最大力量把嘴角往两边的耳朵方向咧，直到清清楚楚地露出了每一颗敦厚的牙——绝不是猫！这是目前为止，老羚羊想到的、能证明自己"人畜无害"的、最坦诚的一种方式了。

比一堆豆腐都安全。

2

耗子得了势，一定是蹬鼻子上脸。

刚才还躲在烟囱里筛糠的大灰，现在，正威风地站在了整个垃圾堆里最大的一块平台上，两只小胳膊基本就撑在腰间，口若悬河，眉飞色舞……好在小家伙神气而又讨巧，倒不使人讨厌。

现场的三个大老爷们，也算是给足了这只小老鼠面子，个个双手托腮，听得聚精会神。论说这只灰耗子，年龄也不过三五岁，对这座城市的前世今生，了解的并不多。可就碰巧了，人家的亲爷爷恰恰是个说书的，其中就不乏些与这"龙"城有关的说词唱段传授下来。

大灰现在溅着唾沫讲的，正是其中的精彩部分。

"书中有云……"

3

"龙"城，原名叫作君子城。

君子城原是座无名无姓的大院落，是沙漠里与"动物乐园"遥相呼应的最大的两座"沙漠动物收容所"，都由些好心人所建。只是那"乐园"里生活的是一群恒温动物，而这"院落"里却全是些爬行动物。"乐园"搞得最红火的时候，这"院落"却冷清得要命——毕竟都是些冷血的畜生，谁也不懂得知足和感恩。

后来，"院落"就选出一条心肠相对温热的蜥蜴，派送到"乐园"里学习，熏陶一下恒温动物社会的孝悌忠信、礼义廉耻、仁爱和平。

这条蜥蜴倒不负厚望，终学有所成，回到院落的蜥蜴就把个冷漠的"院落"给煮沸了。蜥蜴先是学习"乐园"办了育儿的学堂，又建了敬老的寺院。不出半年，这儿的居民就开始变得个个热情有加，勤学好进，举止也文质彬彬，出口就谦卑礼让，类似"邻里间互帮互助、对过路客迎来送往"等这些"院落"历史上从来没有过的现象，如今却像居民们每天呼吸的空气和沐浴的阳光一样，成了再平常不过的事情。

有一年，那条功德圆满的老蜥蜴为了救一位陌生的乞丐，被一块狂风卷来的大砾石击中了脑壳，去世了。城里的居民就自发地在院子南头建了一座"神龙祠"，正面挂了蜥蜴的生前画

像，两边撰写了蜥蜴的生平事迹，家家户户都会教育后代子孙，务必天天供奉。那蜥蜴带回来的文明之火，又在院落里足足燃烧了几十个年头，院落在这方圆千百里内，也就得了一个雅致的封号——君子城。当年偌大的君子城里，虽熙熙攘攘、人头攒动，摩肩擦踵间，却并不见一个残暴冷漠、自私阴险的卑鄙小人。

"君子城"就又被喊了好多好多年。

直到这天，城门处爬来了一个珠光宝气的商人。

商人虽然不会在额头或身体上的其他部位标明"商人"的字样，但商人就是商人，任何时候都是一目了然的，他们的一言一行、一举一动都有着那个圈子里独特的节奏和尺度，甚至身上散发的气味儿都是与众不同的——那是一种铜板在手心里攥久了的味道。

君子城里清贫，商人并不常见，居民们这才好奇地围了过来。

这个趴在门口的商人，却已经饿得皮包骨头了，两片嘴唇也满是惨白色的龟裂，说的话就像一把扬起而又轻轻落下的沙子，全是些断断续续的哼哼声。所有人都听不出他来自哪个地方，更没人听清他正在乞求一小口的食物和一点点水……一刻都耽误不得。

居民中总有几个开窍的，就回家端来了一盆子的熟土豆和一大罐子的泉水。商人眼睛一亮，一跃而起，用力推开围着自己嘘寒问暖的人群，一头扎进了罐子里，猛吸了几大口，又两只手左右开弓，密集地往嘴巴里塞土豆。可惜嚼了没几口，就又往嘴里续水，结果那带着土豆残渣的口水就如雨后的瀑布一样，倾泻而下，沾染了商人身上一大片上好的绸缎。

盆盆罐罐见底儿的时候，商人也就可以正常发言了。

商人的语气里马上就充满了自信："土豆煮老了，我喜欢八成熟的脆劲儿。"商人在说到"八成"和"脆"字的时候，刻意加重了语气，但现场的居民没听懂什么意思。商人说完，就慢腾腾地摸出一根细竹签，拿两根指头捏着，一个牙缝一个牙缝仔细地剔，像刚啃完一只上了年纪的鸡。

喜欢吃完土豆剔牙的商人，就在君子城里住了下来。

每天水足饭饱后，商人除了剔牙，也讲一些城里人没听过的故事。这城外的世界，就是传说中的天堂。不用说鲜花了，那儿的树都是五颜六色的，哪像这君子城里只有白惨惨的胡杨和灰头土脸的仙人掌。那些鸟儿的叫声比歌声都婉转，你若有点文艺细胞都能听着听着就止不住地流下眼泪来，哪像这君子城的城头上，除了老鸹还是老鸹，除了"呱呱"还是"呱呱"，怎么听都如丧考妣。还有那些一望无垠的麦田，耸入云霄的青青翠翠的高山，尤其那波涛汹涌的大海，那么多的水，水里还有各种各样不用鼻子呼吸的鱼，那鱼儿也从不睡觉，你想跟它们玩到多晚就玩儿到多晚……

商人说到"大海"和"能陪你玩儿的不睡觉的鱼"的部分，一定是在大人们都回家做饭或下地干活、现场只剩些散了学的孩子的时候。后来孩子们听得入了迷，就开始陆陆续续逃了学堂的课，专门来听商人的鱼故事。商人叔叔嘴里的大海和鱼的故

事实在太诱人了，如果有一条可以随时陪自己玩儿的鱼，那该多好啊——多年来，学堂灌输给这群孩子的理想、责任、担当、价值，终于被一条鱼给远远地甩到了脑后。

商人却突然在孩子们的期盼中，整整"失踪"了十天。

直到连那些大人们都怀念起商人嘴里的天堂时，商人却很气派地回来了。他的手里牵着一头壮壮的骆驼，驼峰上搭着一个沉甸甸的帆布袋子。袋子鼓鼓的，不知道装了啥。商人没有说，所有人也不会去问。

这次的商人可就不会再吃那些煮过火的烂土豆了，他自己备了一些人们叫不上名字的香甜点心，商人每次吃的时候，都会分一点给在场的小观众。那些吃过商人点心的小孩子，就越来越没了吃土豆的胃口。他们连做梦都吧唧着小嘴儿，喊着"点心、点心……"商人再拿着"点心"在孩子们面前晃的时候，每个孩子的肚子就一定是在"呱呱"地叫着，像老鸹的叫声一样难听。

商人就用另一只手掏出一枚拳头大小的蛋，笑眯眯地说："小朋友们，这是一枚可以孵化出一条鱼的鱼卵，加上这一大块点心，如果你能回家拿来一枚同样大小的蛋，我们就可以交换。当然，这条能孵出一条鱼的鱼卵，一定要代替那同样大小的蛋放回原地啊，否则小鱼就孵不出来了。这是我们之间的小秘密，不可告诉家长噢……"

每个孩子都惊诧着，原来天上真会掉馅饼啊！

商人离开的时候，那骆驼的驼峰上依然搭着那个沉甸甸的帆布袋子。袋子依然鼓鼓的，不知道装了啥。所有人依然不会问，商人也不会说。商人自然不会说，他这一趟可是要发大财了，这君子城的居民，都是些世上罕见的爬行动物品种，他们体形巨大，进化超前，不但能说话而且有了如人类一般的思维，这些蛋带回去一旦孵化成功，每一只都可价值连"城"——是自己居住的那样的高楼大厦的"城"，可不是这巴掌大的君子城。

至于这笔买卖的成本，想到这儿，商人就忍不住乐成一朵花。

送给孩子的点心，自然美味，那么多工序淘出来的地沟里的油，炸得那么脆的垃圾箱里捡回来的土豆皮，能不美味吗？那些石头一样硬的蛋，就更一文不值了。商人并不知道交给孩子们的是些什么蛋，那只是他在躲避一次大风暴时，无意中发现的一堆石头蛋。那一定是些石头，他曾拿起两枚蛋用力地撞在一起，都能看到"卟卟"响着的火花。

商人走后，那地沟油炸的土豆皮并没害出人命，几个闹肚子的孩子，也在一个月后就好了。只是他们饭量就越来越小，再大的年龄，那身子也像只竖起来的蚯蚓，风一起，门窗都需关得紧紧的，不敢留一丝缝隙。

丢进窝里的十几枚石蛋，家长们是察觉不到的，照样会与其他亲生的蛋一样，白天埋在阳光下的沙地里孵化，晚上收回到铺满树叶的被窝里保暖。等了俩月并没等到孵出小鱼的那些孩子们，也就一天一天地淡忘了。君子城的家长们却都是些优秀的家长，他们从来不会放弃任何一只孵化不出的蛋。

当"兄弟姐妹"都可捉迷藏的时候了，那几枚石头一样的蛋

依然纹丝不动。

但"生"了石蛋的家长们并没有一天停止过对他们的孵化，他们从不怀疑自己的孩子会变成石头，他们坚信那恰是一枚神奇的蛋，这枚蛋孵化出的孩子一定是天赋异禀，长大就会被万人景仰……半年过后，这些固执的石头蛋子，竟然一个个破壳了！

至于从里面钻出了什么，没人在意。

那一刻，家家户户都在张灯结彩地庆贺。

这些"石孩儿"毕竟从孵化期就吃了苦头，所以他们从小就获得了君子城毫无节制的呵护和宽容。他们从不需要进学堂学习，却个个坐拥着君子城里最为大气的名字，在冷血动物里，最大气的字眼莫过于"龙"了，然后他们就纷纷以"某某龙"的身份，在所有的场所中横冲直撞，耀武扬威。欺凌弱小更是每日必备，那些口中正背着"君子泰而不骄，小人骄而不泰"的孩子们，每次遇见这支地位悬殊的兄弟部队，就像遇见了刚被捅完的马蜂窝一样，鞋子不知跑丢了几只。

不多久，这些"某某龙"中的"某某"，除了当事人的父母，就没人记得清了，他们拥有了统一的称谓——霸王龙。

霸王龙自然要吃霸王餐。霸王龙从爪牙长齐那一天，就不再吃土豆了。他们对肉类也从不挑食，君子城里高的矮的胖的瘦的亲的疏的远的近的……只要没及时逃走的，基本都被他们关在笼子里，用土豆喂着，每天吃上几只。

那城头的"龙"字，却是霸王龙们逼着教书的先生凿上去的。

而原先大家认为的涂在笔画里的朱砂，却是先生被咬断脖子时，溅在上面的血。

4

羚羊并不怎么完全相信这只灰耗子的话。

德克更是开门见山地问："小兄弟，那现在的呢？你爷爷有没有提过霸王龙的去向？"

"这哪用爷爷提，他们一只只都在呢！"小耗子的语气无比坚定，完全不同于刚才的道听途说，"他们只是在每年的冬天就不见了踪影，第二年过了二月，他们就会突然出现在城里，像是从地下冒出来的一样，我们就得赶紧逃窜，那些来城里越冬行动缓慢的过路动物，十有八九会成为他们的大餐。时间一久，这座破城的恶名传扬了出去，除了我们这些敏捷的老鼠，就很少有其他动物敢在这城里逗留了。"

听到这儿，兔子王就"咯咯咯咯"地笑个不停。老鼠的安全，实在与敏捷没有多大关系。霸王龙应该不会为了逮只耗子去翻箱倒柜的。这东西剥剥皮丢进嘴里，跟嚼一粒芝麻没什么两样。

德克只是扬了扬眉梢，并没像兔子那般忍俊不禁。

羚羊更是连眉梢都没扬，还嗡里嗡气地追问大灰，现在的城里，除老鼠之外，竟没有任何动物？的确，凭一座空荡荡的破城，是找不到口令线索的。德克听羚羊有此一问，也赶紧目不转睛地望着大灰。兔子再笑两声，也尽量把嘴巴合了起来。

耗子用力剜了兔子一眼，便只面向了厚道的羚羊："前不久，倒听几个兄弟提过，好像有一个三人小分队进了城，他们还很高调地喊着什么龙组合到此一游！兄弟中有个听力好的，说他们好像自称蜘蛛龙。"

蜘蛛……龙？

三个听众就一下子紧张起来。尤其是老羚羊，甚至有些激动，据他所知，这世间冬季里不需要冬眠的恐龙，只有沾了母狗长瘦的热血孵化出来的德克四兄妹，难不成耗子口中的"蜘蛛龙组合"，恰是两三年前失踪的虎克、伊克和尼克？老羚羊并没暴露自己的惊喜，只是匆匆问清了"蜘蛛龙"落脚的神龙祠。

然后一马当先，直奔了城南。

5

这"神龙祠"真是替自己的名头丢尽了脸。

神龙祠共有四面围墙，左右两面已经完全倒塌，背面挂着蜥蜴画像的一面也摇摇欲坠，好在嵌着两扇大门的一面倒相对牢固，但屋檐下雕有"神龙祠"的牌匾，却像块被啃了几口后又发了霉的饼干，斜挂在门框上。

本着保护文物的心态，连最讲究礼仪的老羚羊，都没好意思去打扰那两扇正门，大家一致从旁边的缺口钻了进去。三位背靠背站在房子的中央，四下搜寻了几圈，除了几只正忙着结网的蜘蛛，实在没发现什么"龙"的踪迹。再过片刻，德克却忽然感受到一股恒温动物特有的热辐射！

等德克确定这股遽然上升的辐射源不是身后的羚羊和白兔，而是来自于头顶时，赶紧大叫，小心房顶！并在自己奋力跳开时，把羚羊和兔子尽力一推。

电光火石间，随着"轰"然一声巨响，一块磨盘大的砾石，应声而落。

砾石重重地砸在三位刚才的落脚点上，前后两面土墙均被震得大幅度晃了几晃，房顶上更是 "簌簌"落着大大小小的泥块草屑。死里逃生的三位倒仗义，没有一个独自窜出危房逃命，只是各自找个墙角，闭着眼睛拍打身上的灰尘杂物。

不多时，却又听得"嘭"的一声，三位正努力睁大眼睛，确认自己人是否受了二次攻击，就传来一阵陌生的责骂："光明，你这头蠢驴！推石头，推石头！你把我推下来干吗！"

三位这才放了心。

但接着也就集体纳了闷儿——哀号中的叫骂，实在太反常了。在动物界中，一般骂别人蠢、笨、贪、懒、痴呆、二百五啥的，都会统一拿一种动物来比喻，那就是猪，在动物界里，无论从智商还是生活习性，名声上能拼得过猪的，绝无仅有。所以"驴"这样的骂词，是基本听不到的，况且单从"埋头苦干、任劳任怨"的禀性上讲，某些动物被"骂"成驴，简直是一种莫大的荣耀了。

那落地的骂声并不算完："就算我老猪皮糙肉厚，也经不起你这般折腾！"噢，疑难解了！原来刚才落下来的，恰是一头猪啊！猪自然不会骂人蠢猪，他们总没蠢到跟自己过不去，这跟富

人从不仇富是一个道理。

德克三位见对手是只猪，心里就莫名踏实了许多。正要起身围将过去，头顶上却又飘下一句恶狠狠的警告："胆敢再往前一步，一场石头雨过后，诸位可就成肉泥了！"刚爬起来的肥猪，闻听队友的大话，却立马就不高兴了，冒着被迷了眼睛的危险仰头吼道："先生，您靠不靠谱啊，什么石头雨，推下那块大石之后，您和那只公鸡的爪子里不就剩两根鸡毛了……"

房梁上很清晰地传下两声：蠢猪！

敌情已经很明朗了。对方成员共有三名，非但不是什么"龙"，其中两名还是一头猪和一只鸡。至于那条被尊为"先生"的黑影，老羚羊早就瞅了个大概，体形甚至比公鸡还小，自然也掀不起什么大的风浪。老羚羊见对方并非自己期盼中的德克兄妹，不禁长吁一口气，扬头朝房梁上打了声招呼："二位还是下来说吧，我等来自格林村，不是什么恶人。"

两个黑影似乎嘀咕了几句，那只暴露了身份的公鸡就率先跳到了肥猪身边。

德克与白兔也已经与羚羊靠在了一起，留在梁上的黑影显然是这猪鸡组合中的首脑，只见公鸡打量完了三位来宾，就高声汇报："先生，他们是一只羊，一只兔子，那只与狗差不多大小的，生得实在太怪异了，我也不识得品种。"公鸡话音未落，梁上的黑影就"嗖"的一声落到了地上……

妈呀！竟是比兔子还小的"小袋鼠"。

"小袋鼠"落地后，就如德克一般直立起腰板，儒雅地往跨了一小步，再彬彬有礼地拿两只前爪一拱，和风细雨地说道：
"各位格林村的朋友，刚才多有冒犯，还望多多包涵。我们鸡猪
龙组合勇闯这恶龙之城，只道这龙潭虎穴中皆是罪大恶极的暴戾
之徒，人人得而诛之，个个死不足惜，却差点误伤了无辜。"

"小袋鼠"这一番客套，羚羊也把两只前蹄一拱，道声"客
气"，然后自我介绍完毕，再反手一托身后的白兔和德克："这
位是兔儿国的兔子王先生，这位……叫德克，嗯……他的妈妈是
一条大漠狼犬，他们全家吃素。"

"小袋鼠"与德克、白兔逐一点头相识，也把身后的猪和公
鸡作了介绍，猪叫大篷，鸡叫光明，自己叫十三，是这头猪和这
只鸡的授业恩师。十三最后又强调了一遍，他们是"鸡猪龙组
合"的全体成员——鸡与猪倒一目了然，羚羊就对这"龙"的成
分表示了关切："十三先生，贵组合中的……龙呢？"

十三一指自己的脑门："在下是只龙猫。"

呃……这么个龙啊。

6

羚羊略一尴尬，就立刻说了些对鸡猪龙成员追捧的话。

羚羊最终以无限关爱的语气，问及贵组合的伟大目标是啥？
如果凑在一起只是为了个单纯的"寻衅滋事"，就实在没多大意
思了。鸡猪龙听闻，竟气壮山河地连喊三声："屠龙！屠龙！屠
龙！"随之摆出的造型却很滑稽，尤其兔子王，瞅着那只搭在猪
蹄子上的鸡翅膀，就又没忍住笑。

羚羊赶紧违心地鼓了鼓掌，凑近龙猫那只与小身子很不协调的长耳朵："十三先生，你们要屠……什么龙？"

"霸王龙！"龙猫说出霸王龙三个字时，并不露半点怯色，"我们三个人都与这霸王龙有血海深仇，把我养大并教了我学问的白大师，被这些冷血的畜生们吃掉了，大师的血就溅在了他亲手凿完的城匾上！"

羚羊陪着默默摇了摇头，心中却对灰耗子的爷爷多了些信任。

散了队形的肥猪大篷也凑上来，说自己的一家十几口，全被这群孽畜关在笼子里喂得肥肥胖胖的，一只一只地吃光了，说着说着还"吭哧吭哧"地哭起来……算了吧，自古至今，猪落谁手里不是这个下场——兔子王可能怕腮帮子笑得受不了，就回小行宫取他的胡萝卜去了。

临到公鸡控诉，却只说，霸王龙们踩碎过他奶奶摆在地摊上的一篮子鸡蛋，除此之外，再无过节……但公鸡依然引申到霸王龙的祖宗八辈，大骂了一通，以示自己的"屠龙觉悟"并不比其他队友低。

老羚羊悲壮地拍打着猪脖子问："大家见过霸王龙长什么样子吗？"

三个气愤难平的抗龙义士终于闭了嘴巴，鼓着肚子一起摇头。那霸王龙实在不是谁都有福气去"参见"的，大家多是在噩梦般的传说中把他们尽量往魔鬼的模样上去想。羚羊扭身把德克拉到鸡猪龙面前，一本正经地对三位说："霸王龙，其实是恐龙的一种，而德克……就是一只恐龙！"

鸡猪龙只愣了半秒钟，就接连大笑了起来。

尤其是那头猪，简直肚皮都要笑破了的样子——这跟条狗一样大小还一家人都吃着素的小可爱，就是吃净了城中野兽的霸王龙的同宗？以后夸人蠢笨，该换羊了吧！

德克冷笑了一声，羚羊倒不动声色，继续说："我是一名恐龙驯化师，德克是一只骨冠龙，骨冠龙是所有恐龙的祖先……包括霸王龙。"

鸡猪龙只坚持到这儿，就再次笑得花枝乱颤起来。老羚羊见实在讲不通，只好在笑声中朝德克使个眼色，再朝地上的那块磨盘大的砾石努了努嘴，德克心领神会，不慌不忙地走上前，一头砸了下去。

巨石应声碎裂。

噢，忘记交代了，德克的后脑勺自从上次吃了兔子眼罩一记闷棍之后，头顶的骨头就如开了光一般，一天硬过一天。现在，要拿头盖骨破块石头啥的，实在是易如反掌。

鸡猪龙骤然没了动静，张大的嘴巴也没去闭合，个个呆若木鸡。德克拿两只爪子轻轻抚完头顶，朝两边一摊，再耸耸双肩，对着"木鸡"们做了个不大不小的鬼脸："骨冠龙，碎大石。"

老羚羊这位驯龙师的身价，自然也在一地碎石上瞬间飙升了起来。

7

"鸡猪龙"头一次见识到，霸王龙的近亲里竟然还有吃素的。

但面前的德克，实实在在正用自己的血盆大口，嚼着一只脆生生的胡萝卜。

正从小行宫里一趟趟抱胡萝卜的兔子王，却忽然空手窜了进来，嘴巴里喊着："地洞，一个大地洞！"

兔子王前面带路，边说自己刚才手头一松，一只啃了半截的胡萝卜就掉到了地上，骨碌出十多米后，躲进了路边的一扇平铺的木门下。兔子王追过去摸索半天，毫无结果，只好把那扇门板给掀翻到了一边。

门板下并没有半根胡萝卜的影子，却有一个黑咕隆咚的大洞口。

8

六个脑袋围着洞口，迅速统一了意见。

这个洞里十有八九躲着正在冬眠的霸王龙。按常理来说，冬眠中的冷血动物，应该没什么攻击力的，但面对凶残的霸王龙，就两说了。

"我体内有他们祖先的基因，那群霸王龙不会伤害我的。"德克请示了十几遍，老羚羊依然死死地抓住他的手不放："等等，再等等，总有办法，总能想出个万全之策……"

又过了几刻钟，却并没等来老羚羊的万全之策。德克终于固执地跳了下去，只是服从了老羚羊的安排，头上顶着公鸡光明，现场中能从未知深度的黑洞里"飞"出来报信的，也只有公鸡了。

落地时，德克感觉这洞并不太深，公鸡不愧号称光明，竟备了一只用鸡毛拧成的小火把，举在德克头上。德克就清晰地发现洞底的一侧，有个几米宽的隧道入口，探头望去，那一级级的台阶，就斜着伸向了更加深邃的地下。

德克就顶着一只公鸡和一点光明，扶着越来越潮湿的洞壁，拾级而下。德克一阶一阶数着，走了总有几百步的样子，就感觉渐渐暖和起来，但空气却也稀薄了很多，大口大口地喘气，依然驱不走胸口的憋闷。

再走几步，前面竟传来一声低吼，令人毛骨悚然，犹如置身地狱："哪儿来串门的亲戚，还带了只公鸡，太客气了吧！"

德克赶紧停住脚步，公鸡也将火把举过头顶。距德克脚趾前十几米远的地方，正趴卧着一条牛犊般大小的野兽，身上不见一根毛发，类似驴子的长脸，嘴巴占据了大半，两排凿子般大小的牙齿，就一颗颗地翻露在嘴唇外，像鳄鱼一样，很不讨人喜欢。

公鸡终于见识到了传统中的恐龙，倒比魔鬼生猛多了。

德克初次看到世间的血亲，并没感到丝毫的亲切："你是霸王龙的头目吧？"德克看到对方脖子上系了条红丝巾，就立马想到了兔子王头上的破草环——做头领的总有个嗜好，他们一定会佩戴点让人一眼就能辨明身份的东西，即便这东西给他们增不了

多少光彩，甚至看上去像个小丑。

霸王龙慵懒地翻个身，露出干瘪的肚皮来："算你有眼光，我们霸王龙崇尚的是暴力，谁最能打，就听谁的。哎？我看你也确实是条货真价实的恐龙，怎么就一点霸气也没了呢？看看你的眼神，表情，动作，还被一只公鸡踩在爪子底下……你哪里有点恐龙的样子，对了，你还吃素吧？我们恐龙的名声，就让你们这些吃素的给败坏了！"

德克并不反驳，也不承认，目前形势下，德克尽量不想过早暴露自己的战斗力。

霸王龙显然没把丢人现眼的同宗瞧在眼里："霸王龙贪食，却是不会吃同类的，而且难得你如此有诚意，还给我们带来一只鸡，虽然这东西我们平常不稀罕去捉，毛毛糙糙的，肉没几两还全是骨头渣子，但冬眠期间也只好将就了，鸡搁这儿，你回吧……"

没等德克表态，头上的公鸡就来了火气。

"鸡汤"在营养排行中向来名列榜首，如今却被污蔑为"毛糙的骨头渣子"！从现在起，公鸡与霸王龙之间的恩怨可就远不止一篮子鸡蛋那么简单了。公鸡先是捏着嗓子，学着德克的声音温柔地说了句："大王想必饿了吧，您张开嘴，我丢您个肉火烧尝尝！"霸王龙的智商，与久居人类身边的家禽比，毕竟差之千里。当这位"大王"察觉到了危险并想把刚刚张开的嘴巴合上的时候，公鸡手中的火把已经如流星一般准确地落进了他的喉咙里。

燃烧中的鸡毛有个特性，会像胶水一样黏稠。

"肉火烧"即便不合霸王龙的胃口，想吐也是吐不出来的。

霸王龙一声狂吼，直疼得在地上翻滚。其余的部下受此惊扰，哪顾得上冬眠，纷纷从黑影里蹿出来，直扑德克和公鸡。德克也不怠慢，把公鸡往身后一推，摸黑迎头一顶，冲在最前面的霸王龙便被撞了个倒栽葱，稀里哗啦，与台阶下的同伙滚作了一团。

德克趁机吩咐公鸡，赶紧上去报信，霸王龙可能要提前苏醒了，让大家把洞口死死封住，绝不能把这群孽畜放出去……德克不等说完，就嗅到了一股浓郁的腥臭，一只个头更大的霸王龙已蹿到自己跟前，几乎触到了他的鼻尖。

德克二话没说，赶紧一头砸了过去，只听"咔嚓"一声，这只"霸王先锋"就捂着凹陷的额头，败下阵去。后面的霸王龙也终于意识到，面前这个矮小子，远不同于以往他们嘴下留情的那几只植食恐龙，这是个名副其实的"刺头"！

吃惯了霸王餐的霸王龙，就如此被一只不足自己脚丫子大的骨冠龙慑住了威风，只能在拥挤的台阶上，哇哇乱叫。

然而，局面并没僵持多久。德克毕竟适应不了洞内的光线，稀薄的空气也让他感觉越来越不受用，经过几个回合的比拼，德克的脑袋正感到阵阵晕眩。对面的霸王龙却个个精神抖擞，时间一久，这种又黑又闷的环境，必定会成为霸王龙们制胜的法宝。

德克就不自觉地往后退着脚步，一心想捕捉点离洞口近些的空气和光线。

但距德克最近的这只霸王龙，却仿佛猜透了德克的意图，只目不转睛地盯着德克的一举一动，亦步亦趋地紧踩着德克的步伐，半点距离都不曾拉开，这家伙必定一心在寻找最佳的进攻时机。

德克更是片刻不敢大意，但又不能进行频繁的主动出击。除了氧气和光线问题，还因为对方离自己实在太近了，刚才几次有效的碰撞，德克施展不出最拿手的助跑冲击，他只能最大幅度地把脑袋后仰，然后疾速把额头砸向对方——这个动作却隐含着一个致命的漏洞，如果对方同时出动两名队员，德克在对付完一只后，必有个后仰脑袋的空档，另一只霸王龙就可趁势而上咬破德克的喉咙了……霸王龙里显然并非全部蠢货，德克面前最近的这只霸王龙，就已经招手示意身后一条体形稍小的霸王龙挤上前来，伏在自己的胸膛下，伺机而动。

德克再后退几步，脚下却不知踩上了什么东西，整个身子打了个大大的趔趄，就一屁股坐在了身后的台阶上，两只霸王龙哪会错失这等良机！其中一只倒是被德克勉强顶了出去，而几乎同时，另一只的尖牙也就准确地搭上了德克剧烈起伏的喉管！

就在这千钧一发的时刻，德克的一只前爪却正巧按在了一块硬物上。

这硬物本是滑倒德克的罪魁祸首，如今却不亚于一根救命的稻草——德克想都没想，一把抓了起来，直接塞进了即将合拢的霸王龙的嘴巴里，同时狂声吼道："肉火烧！"

这自然不是什么"肉火烧"，这只是先前兔子王找不到的那半块萝卜头。但"肉火烧"的神奇威力，霸王龙们可是亲眼见识过的，刚刚还霸气十足的首领，只是尝了一小口，现在就躺在地上吐着烟圈半死不活呢，如今大家再次听到"肉火烧"，无不以为又来了摄魂的小鬼，纷纷避祸不及……而那只含着萝卜头的霸王龙，更是"嗷"的一声惨叫，翻下洞去。

原来这些平日里称王称霸的大豪杰，心理素质倒比萝卜还脆啊。

德克却不敢恋战，扭头就蹿出了这条鬼哭狼嚎的隧道。德克刚到达有些亮光的洞底，就遇上了公鸡搬来的救兵，除了留在洞口把风的肥猪大篷，其他的羚羊、兔子、龙猫、公鸡都纷纷跳了下来，他们每人手中一只鸡毛火把，竟把个洞底照得亮如白昼。

德克稳了稳心神，这才怀着感激提醒大家，赶紧离开的好，霸王龙随时会冲出来。"不会的！"老羚羊却只是不慌不忙地微笑，"那群霸王龙非但一时半会儿出不了洞口，甚至连这洞底他们也不敢上来的。这洞底的温度极低，他们的血太冷了会休克的。再说，他们久居在空气稀薄的眠洞里，贸然跑到这氧气充足的眠洞外，会醉氧的。"

现场并没几个明白什么叫"醉氧"，但既然有个"醉"字，必是与"不清醒"有关，总之，凭老羚羊专业的分析，大家至少明白了目前自己所处的洞底算是安全的。

现场气氛也就像德克的呼吸一样，渐渐缓和了下来。

9

正举着火把瞅墙的龙猫，突然招呼大家围过去瞧瞧。

原来，这洞底的墙壁上竟不知被谁刻了一些蝇头大小的字。小字刻得极为工整，所以并不难辨认，字虽繁多，但内容都是与"君子"有关，什么《君子八为八不为》《君子言行录》《君子论》《君子观》等等。德克一开始认为这满墙的文字中，必然含了与复活咒语有关的暗示，但反反复复通读了几遍后，却发现字里行间皆是些与人行善的大道理，并没提到半句"复活"或"咒语"的字眼。

老羚羊却只就粗粗地略了一遍，就不再搭理了。他正在考虑那群霸王龙的归宿。这实在是一名驯龙师应该考虑的事情。

老羚羊一直在盘算着如何去驯化这批霸王龙，他刚才对壁文的浏览中并非一无所获，其中最令人赏心悦目的当属最后一句：凡我君子城的冷血居民，需在成年之际，在此面壁一年，熟读君子诸篇，即可改变体内血性，由冷血升为温血，可解年年冬眠之苦——这群从小与学堂为敌的霸王龙，显然没理会君子城的训诫，才不得不冬眠。

羚羊再权衡片刻，就起身举着火把，面朝隧道，扬声大喊："霸王龙兄弟！你们能派个代表和我们谈谈吗？我是一名驯龙师，我是来帮你们的！"平常慢声细语的羚羊，此刻却把话喊得掷地有声，连那几个趴在墙壁上识字的小家伙，都不禁为之动容，个个气宇轩昂地齐聚了过来，倒像要做一番拯救天下的大事业。

时间在等待中静静地流淌。

不多时，隧道深处终于传出隐隐约约的一声回复。"驯龙师？你能帮我们什么？我们的首领和长老们已经死的死伤的伤了，我们与君子城为仇的那一天，就没指望得到任何人的帮助……"

羚羊仔细聆听完隧道深处断断续续的声音，便扬声回问："你们只崇尚暴力，暴力可以解决一切吗？"

"当然，暴力当然可以解决一切麻烦，只有暴力，我们才可以占领这儿，才会令别人恐惧，我们才不会受到歧视和凌辱呀……"德克仔细一听，这厮最后的"呀"音，竟与那声含着萝卜"嗷嗷"的惨叫差别不大，就确认这正是那只被自己的萝卜头吓尿了的霸王龙，禁不住抿嘴儿笑了起来："呵呵，兄弟，刚才的肉火烧味道如何？魂儿都被那半块萝卜吓掉了吧？呵呵，我劝你还是别侮辱暴力这个词了，萝卜头都比你暴力！"

估计这条霸王龙刚才的表现，必是因为萝卜头事件的影响，怕日后在同伴中抬不起头，这才在群龙无首的时候，忍着极度缺氧的痛苦，站出来与羚羊对答。却不曾想到和善的羚羊旁边，还站着个贫嘴的宿敌呢。

对方并没接德克的话茬："驯龙师先生，您刚才说，要如何帮我们？"

"你们其实是已经处在最危险的情况之中了。"羚羊赶紧应道，"即便没有今天的交锋，霸王龙树敌太多，眠洞总有一天会被发现的，他们只要封住洞口，往洞里灌水、投毒、放烟火，灭

你们的法子实在太多了，暴力只能害你们，不能救你们的。"羚羊稍稍停顿，侧耳听了听，见对方鸦雀无声，就继续怂恿下去。

"你们的致命之处，无非是需要冬眠，其实君子城的前辈早就找到了避免冬眠的方法，只是霸王龙疏于学习……好在，现在学习也不晚。"

羚羊又停了停，隧道内集体传出了几声"嗯"。

先前被萝卜头吓尿的那只龙，还不好意思地坦白："我们倒是想学，但谁教啊，学堂的先生都被我们吃光了……"

听到这儿，龙猫十三就在后面恨得"嘎吱嘎吱"地咬牙。羚羊怕再生出变故，赶紧安慰道："没问题的，我来教你们，只要你们真心向善，痛改前非，我来教你们，我一定帮你们脱离困境……"

不等羚羊说完，身后几个举火把的就纷纷上前来，摇着脑袋拽羚羊的衣襟阻止。尤其是德克，一时心急，却又摸不到适合下手的地方，差点把老羚羊的胡子扯掉一把。

待大家都停了手，老羚羊才转过身来，先是小声吩咐兔子和公鸡，去把小行宫上的布帆解下来，抽成丝，再编回原先那张细丝网……然后一手拉起德克，语气显得轻柔却又苍劲："诸位，德克此行的目的，昨晚我已经说得很清楚了，这龙城本是获得复活咒语的首站，目前却毫无头绪，那'复活地图'的指示总是有道理的，所以接下去我想分头行动，我留在这儿，一边与霸王龙们周旋着，一边继续寻找。德克就由你们帮着，先去下一站。依地图所示，那是一处小树林，传说整片沙漠中，只有龙城正南方向，有一片栗子林。到了那儿，你们一定要细心，务必找到一切与复活咒语有关的线索。"

德克却只担心羚羊的安全，着急之下，手早抽了回来，脸都发了紫："你一只羊，如何驾驭几只霸王龙，他们每一只都不是吃素的，我领教过的！"

"我必须驯化他们，这是我的职责……"

"你只是位心理驯龙师，你没有义务去改变他们的生理特性！"德克已经原地跳了起来。

老羚羊却固执地双手一背，转过身去："改变心理，才会改变一切。"

10

羚羊为自己设置的安全防线，就是兔子和公鸡刚刚编完的这张细丝网。

网就钉在洞底与隧道之间。德克虽然了解这细丝网的厉害，但依然感觉这更像老羚羊的一种心理安慰——饿红眼的霸王龙若真有心吃掉这只羊，哪会顾及一张薄网带来的小伤小疼！就像学堂里总要稍稍高出地面的讲台和先生手中比自己还瘦弱的教鞭……它们只是文明的一种象征，它们什么野蛮也挡不住。

德克亲自从小行宫里抱下几乎一半的胡萝卜，堆放在羚羊身边。

但愿羚羊能安抚住"弟子"们的胃口，别往讲台上冲。

但愿从小茹毛饮血的霸王龙，回头喜欢上吃萝卜。

九、世外栗园

1

已是正午。

众人与老羚羊依依惜别，出了龙城，迎着太阳一路南行。小行宫的布帆被移作他用，大篷却自觉地把两条纤绳套在了自己的双肩上，德克笑着上前，替了他一条。其他哥几个也没好意思往小行宫里钻，集体聚在左右，冒着日晒，边走边聊。

直到夕阳落下了一半。站在行宫顶上瞭望的公鸡，突然大叫："大家快瞧！前面有座房子！"众人抬头，果然看见弥漫着微尘的正前方，差不多一百米远的地方，朦朦胧胧映出了一座大房子，远远望去，就比他们拖的小行宫宽阔几倍。

德克示意大家暂停，注目观察了一下，才安排公鸡和兔子摸过去，探探情况。

公鸡和兔子轻手轻脚挪到了大房子身边，兔子负责在地面搜索，公鸡就一翅膀飞上了房顶，拿鸡爪子四处刨着，大概是想刨条缝隙侦查一下房内的情况。不出半刻钟，两个探子就垂着脑袋归队了。

他俩只能确认，这是一座石头房子。

公鸡和兔子很详细地交叉描述了这座石头房子的构造。这是一座完全由一整块巨石掏就的石头房子，足有两层楼的高度，如果不出意外，里面"建筑"的手法倒跟大家身后的小行宫基本类似。只是在巨石里掏房子，要比在仙人掌里掏房子，技术又不知高超多少，就连格林村的窑洞，也不过是在松散的山坡上浅挖几米，若这石房子果真是用一整块巨石掏就，这等技艺，的确算是巧夺天工了……想到这儿，德克就按捺不住疯长的好奇心，率先冲了过去。

德克距离房子十米远的时候，就已然确认，这座房子的确只是块大石头。

当然，石房子上依然不缺木头做的门窗，甚至那窗户上还透出了微微弱弱的光。龙猫理了理额前的刘海，笔直地站在木门前，轻轻扣了三下木门，然后像个绅士一样，双手交叉在腹前，可能都屏住了呼吸。德克和兔子看到这些套路，脑海里就立马浮想起了老羚羊——他们学的知识可能五花八门，不尽相同，带来的修养却是如出一辙。

木门一定选用了陈年的厚重木材，那三声"咚咚咚"，竟在寂静的黄昏里显得庄严而肃穆，仿若千年古刹传出的晨钟暮鼓。德克在心里默默数到"三"，木门便"吱呀"一声，开了条小缝。小缝里先是探出了一只扁长嘴巴，然后是一个毛桃脑袋，嘴

巴根上，架着一副大大的眼镜，感觉与脑袋的比例严重失调……德克一眼就认出了这是一只纯正的鹅头，老格林家里养过。

这的确是一只戴着眼镜的大白鹅的鹅头。

白鹅的身子只闪出一半，敲完门就调到静音模式的龙猫，却忽然"扑通"一声，跪了下去！眼泪鼻涕瞬间就流了一脸，嘴巴里呜呜咽咽地喊着："先生，先生啊……"众人这才知晓，龙猫的先生，原来是只大白鹅啊！

这只白鹅的个头长相，与德克在格林家见过的白鹅基本类似，他只是多了副眼镜、多了些斯文，说话声音多了些穿透力而已——白鹅说话虽然像鹅毛一样轻，却能清晰地送进现场每个人的耳朵里。

大家已经被白鹅先生礼让进了石屋。

石屋窗户透出的微光，原是这壁炉里呼呼蹿出的火苗。白鹅正提了一只冒着热气的石壶，往每个客人的石碗里倒水，轮到德克时，白鹅却稍稍一怔，只倒了半碗就停了下来，德克看到其他队友满满的一碗，却并不介意，只是微微一笑。那白鹅也跟着微微一笑。

白鹅倒完一圈，就换了一只树皮做的皮囊。白鹅径直来到德克面前，将德克手中未满的石碗续满，皮囊里原是些乳白色的液体。德克只当他上了年纪有些糊涂，却并不介意，依然怀着感激，回了个比先前深一些的微笑给他。

龙猫捧着热碗与大家相互介绍。

原来，这位白鹅先生，尊号白大师，曾是君子城的得道学者，他知识渊博，又从不吝啬，君子城学堂的尖子生里，十有八九受过白大师的指点。白大师为人儒雅，一直被君子城的居民视为谦谦君子的标榜，他的言谈举止一度风靡全城，成为全城男女老少效仿的模板。白大师写的字被称为《君子体》，他的言论被称为《君子论》，他的建议被称为《君子观》，他所有的生活习性被称为《君子行为指南》，甚至连他的身材都被称为标准的君子形象——而且这所有的一切，都被君子城编撰成册，奉为圭臬。

龙猫再把自己的队友介绍一遍，才抹干余泪，抿了一小口热水，开门见山地问大师："先生，传说您凿完龙字城匾，就被那群霸王龙给咬死了，连霸王龙自己都亲口承认了，学生正在组织给您报仇呢，可……您不是好好的吗？到底怎么回事啊？"

白大师经此一问，就又微微笑了笑，他好像每次的笑都千篇一律。

"如果我说自己复活了，你们信吗？"

复活！

听到这惊心动魄的两个字，德克哪还喝得下去热水，只聚精会神地盯着白鹅，用两只前爪紧紧把着石碗，尽量忍住不抖。可惜白大师并没就着复活的话题继续说下去，只是反问龙猫徒弟："报仇？何仇之有？霸王龙是肉食动物，他们吃肉有什么错？他们吃肉完全合情合理，就像你们喝这石碗里的水一样天经地义，即便他们吃掉我，他们又有什么错，他们有什么令你感到仇恨的？十三，你说来听听。"

龙猫的下巴就差点掉到脚背上。

经先生寥寥数语，龙猫先前认为的那些至情至理的大义之举，竟然成了逆天行事的卑鄙勾当。而且先生说出的每个字，又好像都透着真理，动摇不了……白大师并没耐心地去等弟子的"说来听听"，便任由龙猫僵在那儿托下巴。

不知为什么，从一开始，德克就感觉这只大白鹅对自己更感兴趣。果然没错，大师这就踱着方步专注地走了过来："你是只恐龙？"

德克点点头："我妈是条狗……"

"你是只骨冠龙？"

德克又点点头："我妈是条纯正的大漠狼狗，她很善良，她一直教我吃素……"

"你从不冬眠？……"

这次德克并没由着他问下去，自己千辛万苦逃出来是为了救妈妈的，不是来给别人普及恐龙生理知识的。德克先是"扑"地站了起来，瞬间又"通"地跪了下去，头和双手毅然伏在地面上，石碗却摆在了正前方，像个香炉。

"白大师，我知道您神通广大，还懂得复活，我的妈妈有一次只犯了头疼，格林村长就宣布她去世了。也可能我的妈妈真的去世了，但我手头有一张可以救活妈妈的'复活地图'，那地图上说如果找到复活咒语，再找到咒仆泪王子，我就可以救活妈妈了……可是，我离开村子都两个多月了，依然一点头绪都没有，没找到咒语中的一个字，也没见到咒仆泪王子的半个影子，我怕我来不及救回我的妈妈了，我只是一条笨乎乎的恐龙，我没有足够的智慧去找到那些复杂的线索，我真是太无用了……求您好心帮帮我，帮我救救我的妈妈，她实在是条善良的狗，只要救活她，我为您做牛做马都可以，大师，求您了！"

说到最后，德克的鼻子就酸得不得了，心也痛得厉害，忍不住要流下泪来。

白鹅并没让吸溜鼻子的德克落下泪来，他好像很在乎这个结点。他以极少见的敏捷，匆忙把德克扶起身来，再屈膝端起地上的石碗，递还德克，同时递上一句："不哭鼻子。"白大师只是缓缓地说了句"不哭鼻子"，便再不言语。

德克的心，却就仿佛一下子落在了实处。

德克实在找不到什么原因，心想自己面对的只是一只陌生的大白鹅而已，但面对这只白鹅，面对他的眼睛，面对那些飘忽的火苗耀在他洁白的羽毛上又折射出的光芒，面对他坚定的语气，德克竟然打心底里就莫名其妙地踏实起来。

那是一种如大山般岿然的踏实，令人坚定而自信。

2

这一夜，每个人都睡得很好。

尤其是德克，喝完白大师倒的那碗和着乳白色液体的水，身子竟然感受到从来没有过的暖和，整整一夜，都像依偎在妈妈的怀抱里，舒服极了。

第二天，天刚蒙蒙亮，公鸡光明就斗志昂扬地站在房顶上打

起鸣来。别人倒无所谓，纷纷起身来到屋外，跟着白鹅大师伸胳膊踢腿儿地晨练。独独那肥猪大篷却是很不痛快，恨不得一把攥住这只多事的"闹钟"，摔个粉碎。

白大师正在做一个难度极高的瑜伽动作，一眼瞅见身边容光焕发的德克，就微笑着问："恐龙小子，那半碗栗子酒，你喝得还舒服吧？"酒？那乳白色的液体原来是栗子酒啊，德克曾在书本上读过，却头一次见识。

"舒服舒服，它竟然有妈妈的味道呢……"

德克本来想表达，那东西让自己暖和了一夜，梦见了妈妈的味道，但如此一省略，就惹来了其他几名队友的嗤笑。

"德克，昨晚喝的是狗奶啊？"

"德克，那叫童年的味道，不是妈妈的味道……"

"德克，回头让白大师把石碗给你凿成奶瓶吧……"

德克听出来贫嘴的只是兔子、公鸡和肥猪，那龙猫只是小声嗤笑了后，就怯生生地望着白鹅，一副被泰山压顶的样子。

回石屋后，白大师就将树皮酒囊往德克怀里一塞，嘱咐德克收好，无论多么严寒的环境下，如果觉得冷，就抿一小口，至少不会因血液凝固而引发休克……德克倒不知道酒这东西价值几何，但世间万物大都以稀为贵，想必连格林村都不曾见过的栗子酒，必是沙漠中的珍稀之物了，心中感觉受之有愧，就刻意推辞起来。

"大师实在太客气了，小辈万万不能接受。未来路上即便再严寒，一则我身上有羚羊先生的羊毛外套，二则白大师留给君子城的《君子诸篇》，小辈均已背得滚瓜烂熟，只要早晚咏诵，假以时日，小辈体内的冷血自会变暖，休克之事，大师无须担忧……"

"吆？想不到你小子也对那些迂腐之辈搞的花拳绣腿感了兴趣，好好好，你就把那什么《君子诸篇》背来老夫听听，我倒瞅瞅你在那君子城里学到了什么大学问？"白鹅说着，两只翅膀凛然地抱着德克推回来的酒囊，就地坐了下来，目不转睛地望着对方，倒像个认真听讲的小学生。

德克也不客气，朗朗把自己在地洞里读过的《君子诸篇》一字不漏地背了一遍。但德克超强的记忆力并没得到赞赏，这位刻薄的大师连脑袋都没舍得点一下。"脑子虽然比十三那小子好使，可惜也一样地不开窍，我瞅你把最后一句'面壁一年熟读君子诸篇就可改变血性'背得格外流畅，一定是认可这观点了吧？"

德克用力点着头，虽没亲身验证，但这字里行间也实在挑不出什么毛病。

确定完德克的态度，白鹅就从眼镜上方收回目光："这只是聪明人想出来驯化野蛮的笨办法罢了。你想，如果一只食惯了血肉的庞然大物，团缩在如此闭塞的潮湿空间里，不吃不动，待上一年，还需要背什么《君子诸篇》？他们的肠胃早就萎缩了，全身的骨骼早就老化了，关节也发炎了，只要不死的，基本全都残了，他们出洞后也只能天天躺在病榻上发着高烧，血倒是不冷了，命也只剩了半条。这就是他们驯化野蛮的手段，不知比野蛮

本身又野蛮了多少倍。"

"那先生授于徒儿的诸般学术，难道都是百无一用的吗？"从白鹅夸德克的脑子比自己好使时，龙猫就已经悄然不舒服了，坚持听到最后，实在失落得不得了，才没好气地出口求证。

白鹅甚至都没扭头瞧这弟子一眼，只依然对着德克说道："你背的这洋洋洒洒几大篇，作用是有的，只是有限，我现在用八个字来概括，你只需要记住这'八字温血口诀'，就能达到温血目的，这八个字，不但要铭记于心，还要遵嘱而行。"说到这儿，白鹅才回头朝着早已围拢来的龙猫诸人提示一声，"你们也记住。"

大师慢悠悠地自炉膛里抽出半截木枝，就着枝头的黑炭，寻一面光滑的石壁，行云流水般一口气写下了"日行三善，冷血自暖"八个大字。白鹅写完，并不罢休，呷了一口左手皮囊里的栗子酒，就解析起何为"三善"。

"一则目善，目善则心善，双目一睁，始于柔和，双目一闭，收于内敛，且不可凶光毕露，包藏祸心；二则言善，出口三思，良言一句三冬暖，并非只是暖了别人，也暖了你自己；三则行善，一举一动，务必光明磊落，乐善好施，切莫因善小而不为，帮了别人，也就热了你自己的心肠，小善小热，大善大热。若坚持日行三善，习惯自成，你每做一遍，都会像喝了这栗子酒一样，热气腾腾，天长日久，哪个还视你为冷血动物。"

面对这类纵深教化，肥猪显然不知其义，但最后的"热气腾腾"还是听懂了的，心中便暗暗为自己开脱，天生的热血动物就不需要日行三善了呗！心中一喜，竟脱口而出："多亏我老猪的血不冷，要不得麻烦死了……"

在这落针可闻的氛围下，肥猪一句不高不低的嘟囔，并不亚于一声振臂高呼。现场的几道目光，差点把这头猪剜成筛子。朋友公鸡赶紧站起来，拱着翅膀四下安抚："各位，目善，目善……"

白鹅却不露一丝愠色，只轻声问向肥猪："大篷，你来说说，我们平常所指的一个人心肠的热度，是测出来的，还是感受到的？"

点拨到这儿，猪大篷才恍然大悟，原来白大师口中的"热气腾腾"只是衡量善恶的一种标准，与餐桌上那些温度的"热气腾腾"是没任何关系的。肥猪就怀着无比内疚的心情，由衷地自我批评："大师指点的是，都怪我老猪太笨了，唉，我怎么就聪明不起来呢？大师，我知道您无所不能，那您能不能让我变得聪明一点啊？哪怕一点点……"

白鹅并没急着表态，只是信马由缰地反问一句："大篷，你快乐吗？"

"快乐啊！"

"为什么快乐？"

肥猪想都没想："我整天稀里糊涂的，除了吃就想睡，不快乐还能干吗？"

白鹅这才又呷了一口酒，对着所有人说："你们谁有他快乐？"白鹅耐心地等众人摇完头，"其实真正的聪明和他现在的

快乐是一个样子的，往往都藏在不经意的稀里糊涂里，那些天天算计着把日子过得聪明绝伦的人，无非也只是为了让自己过得快乐一点，但他们哪个有猪大篷快乐？那些聪明人的聪明，是真正的聪明吗？其实，那些聪明说起来，却都是些傻聪明，那些自诩聪明的聪明人，实在连傻子都不如啊。"

大师最终权威地拍了拍大篷的猪头："大篷，你不笨，比他们聪明多了。"

猪大篷大嘴一咧，眼瞅着就找不到耳朵根子了。

诸位纷纷折服，终于领教了"言善"的威力。

3

栗园。

那片小栗树林原是有名有姓的，而这座白鹅的大石屋居然就是栗园的桥头堡。

德克并没把"复活地图"拿给白鹅看。不是不拿，而是白鹅根本不看。大师说，既是上古法物，就需遵循它的规则，言外之意，寻咒语那是德克自己的事。

关于栗园的情况，白鹅只说，自己的大石屋是栗园最安全的屏障，邪恶之徒大都被利欲熏坏了眼睛，怎么看这石屋都只是一块普通的大石头，而隐于石屋内的石桥通道，他们自然就发现不了，那过了石桥就是的栗园，也就极为安全了。

白鹅拿刚才写字的树枝，在炉膛里引了明火，带着大家往石屋深处走了几十米，仿佛经过了一段与地下相通的隧道，再钻出地面时，果然就现出了一座石桥。

白鹅并没熄掉火把，他根本就没随大家来到地面，他只是举着火把站在漆黑的隧道里朝大家招了招手。众人只道白鹅恋家，也就纷纷招手挥别，独有龙猫屈膝叩了三个响头，泪汪汪地说日后再来长伴恩师，起身时却发现恩师早没了踪影。

刚才，白大师又执意把喝了两口的酒囊塞到德克怀里，德克担忧，若再推辞，对方必会生出嫌弃自己鹅嘴唾沫的疑心，本着"行善"的原则，德克就欣然接受了。现在一眼瞅到龙猫兄弟的落魄相，德克赶紧把皮囊塞进了老羚羊送自己的羊皮袋子里，遮好。

目前，最欢乐的当属猪大篷了。

白鹅赞自己的话太长，肥猪倒记不住多少，即便记住，那语气、语速、语境一变，味道也全变了——喝清茶和吃猪食的嘴巴，味道能一样吗？但有一句，猪大篷却牢记于心，就是白鹅开场那句"大篷，你快乐吗？"中的"你快乐吗？"。

现在队伍中的每一位，包括肥猪自己，都被他问了不下二十遍"你快乐吗？"。

最后，等大篷又一次把猪嘴拱到龙猫先生耳边时，龙猫的两只爪子和一口牙基本进入了一级战备状态，两只溜圆儿的眼睛也邪恶地瞄着那条猩红的猪舌头。猪大篷能活这么久，估计多亏有个贴心的哥们儿照应着，关键时刻，公鸡就跳了过来，一把推开肥猪。但那句已含在猪嘴里的"你快乐吗？"，大篷是收不住的。结果，最洪亮的一声"你快乐吗"，就久久地回荡在了半空

中……这时，就突然听到了一匹马的嘶鸣。

接着又一声重重的"扑通"！

众人寻声望去，这才发现，前面不远处，正停着一匹摇头晃脑的枣红马。马蹄旁边，正半卧着一只试图爬起来的黑猫。可惜直到大家围了上去，那黑猫也没站利索。但黑猫的态度无比坚挺，而且还拿了刚拍打完屁股的一只手，朝着围观的群众一个个地戳打："刚才是谁？是谁喊的！"

估计肥猪还正在兴头上，以为答题有奖呢，赶紧挤了过来，主动坦白："哥们，我，我猪大篷喊的，那句'你快乐吗？'我喊的！"

接下来，那只疼得龇牙咧嘴的黑猫，就差点把猪脸给抓成大花脸。

"我勒你个头！我正骑马骑得好好的，你一嗓子'你快勒马'，我还以为踩着人了呢，这一急刹，瞧把老子摔的！浑身都散架了！我让你快勒！让你勒！"黑猫吼着，就要跳上来与肥猪拼命。其他众人见队友惹了大祸，赶紧集体上前抱住黑猫，一个劲地规劝。

"兄弟，消消气，消消气，日行三善，三善……"

4

众人七嘴八舌温暖的语言加上七手八脚诚心诚意的按摩，不出一炷香的工夫，"黑猫骑士"身心上遭受的双重创伤，就基本康复了。

至少可以正常交流了。

原来，这只黑猫也叫十三，也是白鹅大师的座前弟子，刚刚不久，白大师在炉灶里点燃了红色木柴，黑猫十三知有友人光临，这才赶紧策马前来接应，没想遇上了点小小的交通纠纷，差点撕破了脸。黑猫说着，就朝躲在人群背后的肥猪施了个拱手礼，自责刚才的鲁莽，言语过激，多有得罪，望多多海涵什么的。

猪头海不海涵的倒无所谓，只是黑猫别再惦记人家漂亮的小脸蛋了就行。

黑猫牵了枣红马在前面开道，顺便介绍这栗园的来历。栗园本是一片浩瀚的果树森林，多年来，满足了周围近百公里内，大大小小的绿洲居住地的食品供应，后来风沙渐猛，水分严重缺失，偌大的果林就只剩了几十棵对环境要求不大严格的栗子树，而且周围聚集的沙丘越来越高，最后就形成了一个几乎与世隔绝的小盆地，唯一的出口就是那座桥头的地下隧道，而隧道口又隐于白大师的石屋内，所以这儿实在堪称沙漠里的一处"世外栗园"了。

龙猫初次见到自己的同门，名字又被白鹅先生起得与自己一字不差，心中的郁闷早已烟消云散，热烈地上前套着近乎，只聊些与自家先生有关的话题，以示与他人亲疏有别。"师弟，先生为何不亲自把我们带到栗园，却要麻烦你来雪中送炭？"

龙猫故意以亲切的"师弟"相称，而且末尾用了彰显学问的成语"雪中送炭"，正自鸣得意呢。黑猫却好像并不领情，

被人称了"师弟"本来就无形中矮了一截，再加上个雪中送"炭"——笑话谁黑呢！

黑猫的回应里，就下意识地裹了一层薄凉："您大师兄比我早入师门，该比我更懂得尊师之道才对，先生的近况竟然不闻不问。你知道，先生是不能见阳光的。"

所有人都大吃一惊，赶紧围上来仔细地听。

"栗园的居民，基本是当年从君子城逃出来和路上收留的难民，这栗园的隐蔽性原本万无一失，偏偏却有些好事的乌鸦从空中飞落下来，叽叽喳喳着要把这安乐窝宣扬出去，先生身为栗园主人，便与那群多嘴的乌鸦进行交涉，哪承想，乌鸦就嫉妒起先生一身仙风道骨的白羽，逼着先生立誓，要先生有生之年，永不见阳光，他们便同意保守这栗园的秘密。先生大德，从此便屈居于那座石屋中，日出而归，日落而作，完全颠倒了昼夜。好在先生机灵，发明了与栗园的沟通方式，通过石屋壁炉烟的颜色显示来客身份，红色为友，黑色为敌。这就是我的智慧而大德的白大师先生。"

"我们的先生的确智慧且大德。"龙猫严肃地把"我"改成"我们"后，重申了一遍。

说话间，众人已来到栗园入口。

放眼望去，小树林里竟挤满了大小不一的石头房子，那些石头房子跟白鹅居住的完全一样，每一座皆由一块完整的砾石掏就，看到房子里不停有住户进进出出，才知道那房子的大小原是依据住户的体形而建，空间绝不浪费。

　　林子里的居民好像都很忙碌的样子，但又各司其职，有条不紊。拣果子的小猴，挖窖子的鼹鼠，做木工的鳄鱼，垛草垛的蜥蜴，驮运的骆驼，招呼大家吃栗子的黄毛狐狸……他们个个都一脸的阳光，他们那些原本用于撕咬对手的爪爪牙牙，倒像戴在身上的饰品，完全成了一种摆设，他们习惯于频频微笑，点头哈腰，每个人都透着一种近乎卑微的和气。

　　简直就是一群吉祥物。

　　黑猫把众人一路带到一座大空间的石房子面前，说这就是栗园的客房了，可惜条件所限，没有单间。但是想住多久就住多久，一日三餐都到狐狸黄大妈那儿去，吃栗子馒头，喝栗子粥。黑猫说到这儿，特意瞅了瞅肥猪，又加了句，限量。

　　黑猫还说在栗园居住一天，就是栗园一天的居民，就要完全遵守栗园的约定，每天除去吃饭和睡觉的时间，上午要学习，下午要劳动，学习统一在客房后的图书馆里，劳动就各自找点力所能及的活儿干吧，只是记住作息，日出而作，日落而息，尤其是早晨，不要提前吵了大家的睡眠……黑猫这次瞅的是公鸡。

　　黑猫说完，就与大家拱手道别，帮红马给栗子树松土去了。

　　德克推开房门，众人鱼贯而入。大篷并没等屁股坐热，就自告奋勇要去帮着狐狸大妈做饭，大家更相信他是想帮着人家吃饭，黑猫刚才追加的"限量"，对肥猪打击太大了。公鸡赶紧站起来打圆场，说自己最擅长烧火，拥着肥猪就蹿出了房门。兔子和龙猫也待了不长时间，感觉屋内的气氛实在沉闷，就先后撂一句"出门转转"，丢下德克径自溜了。

德克难得清静下来，就专心想着自己的心事。

德克自踏进栗园第一步，就留心观察起来，他可是明明白白听黑猫说过，栗园内的居民，大多受了霸王龙的迫害，才逃到这闭塞、狭小的立锥之地，但自己同样是只恐龙啊，虽然个头袖珍了些，但外表特征与那霸王龙总归有些类似，为何这一路走来，竟然没引起任何一个居民的一点点关注呢？

想到这儿，德克反倒有些失落。

感觉自己这条恐龙，做得失败极了。

5

德克正要叹一口气，突然，从半开的门缝里，闪进一只小小的雏鸟来。

排除家禽，沙漠里的鸟类除了乌鸦就是猫头鹰，看这小家伙尖直的嘴巴，显然不是猫头鹰，德克就推测这是一只小小的乌鸦。但这只小乌鸦实在太小了，浑身上下没有一根羽毛，就像一只刚刚脱掉外壳的蝉，皮肤吹弹可破，身子娇巧玲珑。

小家伙怀里正抱着几朵比自己更娇小一些的野花。摇摇摆摆地走过来，歪着脑袋，甜甜地问："大哥哥，你买花吗？"

小雏鸟一张嘴，德克便证实了自己的推测。乌鸦生来特有的破锣嗓子，是任何鸟类都学不来的。但如果对方是个小女生，而且里面掺了浓浓的雏音，效果就完全不同了。德克实在受不住这可爱，就顺口应了一声："大哥哥没有钱啊，怎么办呢？"

"嘿，好办，你可以帮我去干点力气活儿抵账的，我每天在这栗园里白吃白喝，实在欠了太多的伙食义工了……"

德克知道如此"人道"的栗园，是不会逼用童工的，所以小乌鸦注定是要被"白吃白喝"的，但望着对方煞有介事的样子，德克就喜欢得不得了，竟然放下了所有的忧愁，一本正经地同那小鸟打趣。

"好的，我买了，但是我买花有什么用啊？"

"买花送妈妈啊！"

德克头一次在别人提到妈妈的字眼时，没有感到难过，而且还有心情继续寻着开心："买花送妈妈？那么买几朵花送一个妈妈啊？"

"呃……大哥哥，你读过书吗，是买花儿送给妈妈，不是买花附送个妈妈……"

德克终于还是没有把持住。

小雏鸟嘴巴里持续蹦出的几个妈妈，瞬间把德克推到了痛苦的边缘，尤其提到读书时，那些与妈妈和读书有关的回忆，就像太阳底下洒在沙地上的栗子酒，虽然稍纵即逝，却又浓浓地弥漫在空气中，久久挥之不去。

"大哥哥，你是不是在想妈妈啊？"

德克这才神游回来："嗯，我的妈妈去世了，但我一定会救活她，她住在格林村，那是一个很遥远的村子。"

小乌鸦看到德克悲喜交替的神情，却像个同病相怜的病友一般，缓缓坐在德克身边，还像模像样地叹了一小口气："唉，我的妈妈也可能去世了，她也或者住在一个遥远的地方，否则她不

会一次都不来看我……"

"你从没见过自己的妈妈？"

小乌鸦哀怨地望了一眼德克，轻轻地摇了摇脑袋。

"怎么会这样呢？你是怎么来到栗园的呢？"

"我只是像那些蜥蜴和鳄鱼一样，一个月前从沙子里被孵化了出来，其他的，就一无所知了，我问过所有的人，他们没有一个知道我的来历……他们只说我生得像一只鸟。"

冲着乌鸦的名声，德克实在不忍心坦白对方的真实身份。

"你确实……像一只鸟，你应该高兴才对啊，一只鸟多好啊，还可以飞，想去哪儿就去哪儿，无拘无束，自由自在。嗖……嗖……"

德克嘴里嗖着，身子早就站了起来，张开双臂，学着兔子王快活时的样子在屋子里转着，飞得很难看，而且笨拙极了。但那小鸟却看得目瞪口呆，向往得要命，尤其一想到自己的未来极有可能会像现在的德克一样，可以在房子里"嗖嗖"地转圈，简直乐晕了。

再转几圈，德克也晕了，就重重地倒在小乌鸦的身边，乐呵呵地喘着粗气。

估计小乌鸦也极少遇到这种开心时刻，就抚摸着德克的皮肤，说："大哥哥，咱俩都是没有一根毛发的，我们的皮肤都是一样的，却又比那些不长毛的蜥蜴鳄鱼什么的光滑多了，大哥哥，你说咱俩是不是有点亲戚关系啊？"

恐龙和乌鸦……亲戚？

　　德克费了很大的力气，才忍住没笑出声来。也多亏德克没笑出声来，这只小乌鸦才会出于"对亲戚要掏心掏肺"的本分，道出了一个秘密。

　　那的确是一个惊天动地的大秘密。

十、大白鹅的药方

1

德克一开始有点迷乱。

小乌鸦说，自己在一次去栗园的一个角落里采野花时，看到了三块方方正正的大"冰块"，每块"冰块"里面还各自包裹着一只睡着了的动物，那些动物生得稀奇古怪，身上还长了一些像猴子一样的毛。

德克哪还有心情待在屋里听故事，这就央求小乌鸦前面带路，奔赴了现场。

德克确定被冰封在透明晶体里的三只动物，恰是三只恐龙。他们显然是三只不同品种的恐龙，他们身上的那"像猴子一样的毛"，只是一件件穿在身上的毛衣坎肩而已。德克再贴上前仔细一瞅，突然心脏就狂跳得厉害！

那一件件坎肩，分明与自己一样，是用狗毛织成的，而且一定是大漠狼狗的毛，那些狗毛的颜色自己再熟悉不过了，德克这辈子第一次睁开眼睛，看到的就是这种颜色的狗毛，如今再见，依然温馨如初……当然，德克更熟悉的还是那些狗毛的味道，德克就趴在"冰块"上拼命地嗅。

那些"冰块"却像这满地的沙子一样，寡然无味。

德克又拿爪子在"冰块"上擂了几拳，也纹丝不动。涉及妈妈的哪怕再细微的线索，德克也是决不会放过的。德克二话不说，这就往后倒退了几步，示意小乌鸦远远地躲在砾石背后。德克显然是想利用自己的头冠，把这三只诡异的同类从"冰块"中剥离出来。

德克脚上刚要加力，却冷不丁被一只黑影挡了路。

黑猫十三！黑猫狐疑地盯着德克，沉沉地喝问一句："你想干什么？"

德克只好收住脚步："里面那仨是我的同宗，我想把他们叫醒，问点事儿。"

"这三个立方罩，是白大师先生亲手所筑，谁都不许动！"

说句心里话，德克一开始就有点讨厌这只黑猫，满园子里就数他趾高气扬，总是一副盛气凌人的样子。这类讨厌一般都会殃及池鱼的。"老白鹅安的什么心思，这样密封，什么东西憋不死？"

"你懂什么，不密封，他们才会死！"黑猫赶紧为受了自己连累的尊师辩解。

原来，最近三年，白鹅每年冬天都会捡到一只冻僵的恐龙，他就用沙漠中带有气孔的树脂，打造成立方罩，把他们逐一密封

起来，这透明的立方罩，白天能吸取阳光，夜晚又能保温，确是驱寒的圣物。几年过去了，恐龙们虽然没有苏醒，但那睡熟了似的生命迹象，也并未消失。

如果遇上外力冲击，就不太好说了。

2

德克平复了一下内心的冲动。

德克倒是相信那只白鹅的能耐，又多看了几眼那些漂亮的狗毛，德克就撇下黑猫，喊上小乌鸦走开了。路上，小乌鸦只静默了一小会儿，就跳到德克脚前，说还有一件好玩的事。"你听说过复活树吗？那上面全是复活果，那也是我采花时发现的……"

德克原本坍塌的心情，一听到"复活"二字，自然就像打了鸡血一样高涨起来了。

小乌鸦口中的复活树，就生长在离三座立方罩不远的一块砾石的背阴处。那是一棵带刺的小灌木，没有花，没有叶子，满身的小果粒像爬满了树枝的蚂蚁，又小又恶心。但德克并没在乎那些果实的外观，他只在乎那果实的里面流淌着什么。德克感觉自己摘下的每一粒果实，仿佛颗颗塞满了希望，令人垂涎欲滴。

德克甚至面对那些与果实同样密集的刺，都视若无睹，他先给小乌鸦摘了满满一捧，自己又摘了一捧，德克的两条手臂布满了血痕，却并没觉出半点疼痛。德克的心思全扑在了复活果上。

自己吃完果子后，是否就会随口念出一句"复活咒语"呢。

3

栗园内，突然染了两种怪病。

首先发病的，是与小乌鸦玩过的一只小狐狸和一只小鳄鱼。据说他们各吃了一颗小乌鸦摘来的"复活果"，就发病了。小乌鸦却一个劲地辩白，自己也吃过的，却啥事没有。居民们也说，这"复活果"园子里的孩子每年都会摘来吃，也从没出过事。

两个小病人发的病也很蹊跷，小狐狸成了傻子，小鳄鱼成了馋虫。

最先发现他们生病的是大篷和光明。小狐狸先是在太阳底下一把拉住急着赶往厨房的肥猪，指着天空问，天上那个是太阳还是月亮？肥猪坏笑着说："我不是这个村的，你问问他……"

肥猪刚要指公鸡，却发现公鸡正被小鳄鱼拽住了尾巴，鳄鱼满嘴里嚷着要喝鸡汤。直到肥猪从厨房端来一盆清水，让公鸡现场在里面泡了半天爪子，鳄鱼这才松开鸡尾巴，扭头就把一盆子洗脚水喝得干干净净。

病得确实不轻。

关键这病一下子就在孩子中传染开来。满园的孩子不是"太阳月亮"地问，就是要喝这个那个的汤。三天过后，就出了大事，那只喝过公鸡洗脚水的小鳄鱼，竟偷偷喝了邻居响尾蛇大叔的漱口水，毒死了。

任何病一旦闹出人命，就是天大的事了！

家家户户赶紧大门紧闭，邻里间已互不走动，大街上昼夜瞧

不到半个人影，土地上堆满了横七竖八的劳动工具，食堂、厕所、图书馆等一切公共设施，纷纷被贴上了醒目的大红封条……到处都是一片死寂，好像连草里的虫子都不叫了。

黑猫正挨家挨户地送饭。

居民在自家窗户上开一个能及时闭合的小口，黑猫会用一根又细又长的栗树枝，把包有栗子果的小包袱挑进去。那里面的栗子果，一定要带满皮壳，这是居民们的统一要求。黑猫最后来到大客房，里面除了五个客人还有一只小乌鸦——这只鸟儿压根儿就没离开过客房，她哪儿也去不了，没人会收留她，居民们内心一致认定，乌鸦就是这次怪病的源头。

黑猫抱歉地把挑剩的一大包不带壳的栗子仁，往桌子上一摊，众人纷纷凑了上去。德克和小乌鸦却只吃他们的"复活果"。

在一片咀嚼声中，黑猫悄悄把德克拉到一边。黑猫神神秘秘地把刚才包果仁的包袱一抖，然后铺在德克面前，再把包袱上的字一个一个指给德克看。包袱上的字写得很大，也不多，不一会儿德克就来来回回读了三遍，但依然没读懂黑猫的意图。

"我特意去先生处求来的，解瘟疫的药方子……"黑猫尽量压低声音说，"先生只说了句'德克解忧'，却不肯再多解释一个字。"德克就停下口中的果粒，又瞅了一遍。药方难懂是常有的事，但这个药方也实在难懂得太离谱了，连标点符号算上，也不过十几个字，还很讲究地排成了三行：

龙血，

栗酒，

放之于工，德克解忧。

再过片刻，聚餐的几个，除了不"限量"的肥猪，也都陆续围了过来。黑猫就只好一遍遍地抬头解释"我特意去先生处求来的解瘟疫的药方子"，而先前跟德克说过的"先生却不肯多解释一个字"，就闭口不提，显然怕在"师兄"面前跌了面子。

众人帮着分析，其中的"栗酒"和"德克解忧"，意思是明摆着的。至于"龙血"，黑猫确定了不是栗园内的任何一种药草的名字之后，那一定是专指德克的血了。关键这"放之于工"的意思就难解了，如果"工"是一种容器的话，那更不能马虎，它代表了喝酒的小酒盅还是那条小鳄鱼喝"鸡汤"的大汤盆，对于无偿献血的德克来说，可是生死之别。

"这'工'字其实就在我们手心里……"小乌鸦突然跳到包袱上，伸出一只红嫩嫩的小爪子，"栗园的小朋友们一直流行着一个传统的小仪式，每天父母出门工作时，他们都会偷偷用右手蘸了自己的唾沫，在左手的掌心里画一个'工'字，心里还要默念着感恩……这个仪式是小朋友们之间的秘密，好像流行很久了。"

黑猫闻听，也一拍大腿："对呀！多年前先生就编了一首儿歌，教栗园的孩子们传唱，我还记得那歌词儿，好像是'父母工，子女敬，长命百岁不生病……'，那些孩子的小仪式一定也是先生所授。哎？那这'放之于工'，一定是把龙血与栗酒混合在一起，滴在孩子们的左手心！德克，赶紧试试！"

德克撇了撇嘴，说得倒轻松，你先放点血试试，这沙漠气候

多恶劣啊，万一染上破伤风啥的，你给包治啊！

德克正有心与黑猫怄气，却见小乌鸦就抢先举起光秃秃的翅子："德克哥哥几天前刚受过划伤，身体一定很虚弱，来来来，就用我的血，我与德克哥哥是有亲戚关系的，血型也差不到哪儿去，来来，用我的吧。"

德克感激地朝着小乌笑笑，伸手探进羊皮袋子，把酒囊取出来，仰头含一大口，再挽挽手臂上的袖子，"噗"的一声，悉数喷在自己刚刚愈合的伤口上，然后握紧拳头，稍一用力，血便从一条条裂开的伤口中迅速渗出，再与栗子酒和在一起，缓缓滴进了黑猫早就备好的石碗中。

当天，每个患病的孩子，都由黑猫在左手心涂上了血酒，病情果然有所好转。

第二天，黑猫又挨家挨户涂了一遍，孩子们就又有了好转。

然后第三天、第四天、第五天……整整涂了十五天，孩子们才完全康复，个个恢复到了先前的聪明伶俐和彬彬有礼。

4

而在这十五天里，德克每天都要挣裂一次自己的伤口。

从第一次挣裂，小乌鸦就会去找来干净的棉布，为德克细心地把伤口包扎好。德克就说，这实在有点多余，再挣裂时，还要多些解开的麻烦。但小乌鸦依然我行我素，每次都四处找棉布，细心为德克包扎。时间一长，德克也就懒得去抵触。

好在那囊栗子酒是永远倒不完的，无论消耗多少，只要及时拿清水添满，放置一夜，第二天的口感竟与原酒尝不出半点差别。德克至此才知道这酒囊的妙用，既可盛酒，又可酿酒……只是半月过后，德克就惹上了酒瘾。

一开始，德克在喷酒前先呷上一口，倒可缓解手臂上的伤痛。后来发现，只要呷到一定程度，不但手臂感觉不到疼痛，连思念妈妈时的心疼也会变得麻木，好像所有现实中的痛苦，都会被打成包裹，寄存进了梦境一般。

德克迷恋上了这种感觉，也就迷恋上了喝酒。

德克几乎天天喝醉，他不但上午不去劳动，下午也不去读书，该吃饭的时候还不去吃饭，只是该睡觉的时候呼呼大睡，他其实在不该睡觉的时候也在呼呼大睡，偶尔醒来，就只是喝酒，好像跟"清醒"有多大的仇恨似的。

在小乌鸦的苦苦哀求下，光明和大篷终于答应，收走了德克的酒囊。

这天黄昏时分，德克破天荒地坐在沙丘上，清醒地望着太阳发呆。

小乌鸦就陪在德克身边，挨得很近，几天没交流，两人却感觉好像有了些不远不近的距离，谁都不开口，不知道先说什么好。"德克哥哥，我可能得离开栗园了。"还是小乌鸦先开的腔。

德克依然默不作声。

"居民们都有意无意地暗示自己的孩子，不要靠近我，那场怪病给他们造成的阴影太大了，可能我真的是一只不太吉祥的鸟吧？"德克忽然发现，小乌鸦的嗓音少了些稚气，扭头一看，身上

却依然没生出黑色的羽毛，光溜溜的，只是脖子上竟有一圈白色。

小乌鸦看到德克的眼神，竟不好意思地低下头来："不怕德克哥哥笑话，我最近其实一直在往外长着一些黑色的羽毛，但我想尽量与德克哥哥在外形上保持一致，所以全部拔掉了，哦，这脖子上一圈却生成了白色，实在太漂亮了，没舍得拔。"

"你叫什么名字？"德克面无表情，嗡嗡地问。

"我没有名字，大伙儿都叫我肉蛋，可我从没答应过。"

德克忽然眼睛里来了神采："我给你起个名字好不好？"

"好啊好啊！"小乌鸦同样神采奕奕。

"我听妈妈讲过，这世上有一种叫作鸽子的鸟，它们就有一身像你脖子上的这样的洁白的羽毛，漂亮极了，嗯……你就叫小鸽子，怎么样？"

"可是，我……我可能……会长得很丑……"

"你还记得那棵复活树吗？"德克停了一会儿，等小乌鸦点完头，"你还记得那棵复活树上的那些丑陋的果子吗？你知道它们是怎么来的吗？在这个世界上，哪怕最丑陋的一粒果子，也是由一朵漂亮的花变来的……你那么喜欢花，怎么会丑呢，就叫小鸽子吧。而且，也别再拔身上的羽毛了。"

"太棒了，德克哥哥，我不拔了，我就叫小鸽子了！小鸽子！就这么定了！"

小鸽子一边叫着，笑着，一边不停地围着德克转圈。德克瞅着欢快的小鸟，也开始陪着大笑，德克的笑声很大，连自己的耳朵都被震得嗡嗡作响。小鸽子抖擞着精神，又坐回到德克身边：

"德克哥哥，很少见你这样大声地笑呢。"

"是的，但我也不会大声地哭，我这辈子从没哭过，根本不知道流泪是种什么感觉。"德克说着，咂吧了一下嘴，看上去很惋惜。

"德克哥哥，你说你从来没流过眼泪，为什么？"

"妈妈说过，她最不喜欢哭哭啼啼的孩子……我要时刻欢快着，我至少不能流眼泪，我一定要活成妈妈喜欢的样子。"

乌鸦完全一副不可思议的样子，大张着嘴巴，急切问道："那你委屈、难过、伤心、痛苦、悲哀的时候呢？你怎么办呢？"

"就像这样啦……"说到这儿，德克微微扬了扬两边的嘴角，停留了一段时间，才轻轻放下，"就这样啦，一笑而过。"

小鸽子望着德克那近乎鬼脸的笑容，突然感觉自己的那些不开心，实在是微不足道，为了妈妈，德克哥哥都不能掉眼泪，自己可是每次梦到妈妈都可以在半夜里哭醒。如果下半夜梦到爸爸，还可以尽情地哭到天明。

与自己相比，德克哥哥真是可怜多了。

想到这儿，小鸽子原本沉闷的心情立即开朗了起来，加上她偷偷按照德克传授的经验，微微扬起自己的嘴角，停留一段时间，再轻轻放下，心中那点不开心的残余，果然就彻底地"一笑而过"了！

小鸽子再次扬起脑袋，望着被最后一束霞光映红了的德克。

小鸽子的心中就生出了一些浓浓的崇拜。

十一、复活咒语

1

德克正站在一棵开满花的仙人掌前，等候去采野花的小鸽子。

几个上了年纪的居民由此经过，嘻嘻哈哈地笑着，活像年轻了几岁。德克听他们说这棵仙人掌是整个栗园中花期最长的，它能从立春一直开到夏至，那年下了场小雨，它还开到过秋分呢……但霜降前却是一定要凋谢的，这不是雨的事儿。

无论有没有雨，春天是该来了。

这仙人掌的花，那栗子树的花，四季挂果的复活树的花，还有小鸽子手中形形色色的小野花，沙漠里到处都是春天到来的痕迹，乱着人眼。春天毕竟是个美丽的字眼儿，春天来了，就代表每个人的心情都阳光了，笑容都灿烂了。

德克刚想深深吸一口春天里的空气，就被小乌鸦神秘兮兮地拉到了一间石屋子后。

小鸽子做贼似的拿翅尖在长嘴巴上竖了竖，然后四下瞅瞅，悄悄地说："刚才，我遇到了两只鸟……"小乌鸦又探出脑袋瞄了一圈，才回头接着说，"他们竟然喊我孩子，其中一只还呱呱地哭了起来，那声音实在是难听极了！"

德克一愣，但立马就明白了个大概，定是小鸽子的父母寻亲来了！

德克由衷地为乌鸦高兴："小鸽子，他们在哪儿，那极有可能是你的亲生父母呢！"小鸽子却远没有德克的兴奋劲儿，只是努着嘴巴，耷拉了会儿脑袋，再抬头时，两只白眼儿还不停地往上翻。

德克想这就怪了，不是天天哭着梦着找爸爸妈妈吗？怎么爸妈真正来跟前了，反而淡定了呢？不会是叶公好龙吧！

小鸽子开始扭扭捏捏地嘟囔："肯定搞错了，他俩长得……也实在太丑了，世界上怎么会有那么丑的鸟儿，声音和动作都像个木偶，还除了脖子那一圈白，整个一身黑。那两行眼泪，我都看不清从哪儿流出来的……"

德克一听到白脖子，更加确信不疑："他们呢？现在在哪儿？小鸽子，赶紧带我去见见面，你不懂事，我来跟他们说。"小鸽子扭捏半天，才歪着身子，极不情愿地朝最近的栗子树上指了指。然后就躲在德克身后，亦步亦趋地凑了过去。

栗子树上果然蹲着两只不太正宗的大乌鸦，都是白脖儿。

其中一只果然在哑着嗓子哭。另一只正在哑着嗓子劝："亲爱的，别哭了，孩子不是找到了吗，我就说这栗园的动物个个吃

素，孩子不可能有危险的……"

"抱歉，打扰一下……"德克对打断别人的恩爱，显得很不好意思，"您好，我是小鸽子的朋友，我叫德克，请问，你们是来找小鸽子的吗？"

哭着的一只好像受到了惊吓，没好气地说："我们不找鸽子，我们找乌鸦！"

不等德克答话，小鸽子就一头从德克肚皮底下钻了出来："我现在就告诉你们，我的名字就叫小鸽子，是你们说不找鸽子的啊，不送！走，德克哥哥，回家吃栗子去。"

树上的二位，完全以自由落体的速度俯冲到了地面。其中那只刚止住哭声的更是上前一把抱住小鸽子，宝贝宝贝地唤个不停。另一只却只是警觉地瞪着德克，很不友好地质问道："先生，你能不能告诉我，我女儿身上的羽毛，是被谁给拔掉的？"

德克终于为难起来，支支吾吾，不知如何作答。

好在小鸽子努力挣脱掉了妈妈的熊抱，喘着气冲到爸爸面前："别朝我德克哥哥吼，我的羽毛我做主，我想留就留，想拔就拔，怎么了？你要投诉吗？"

这时，正巧乌鸦妈妈追了过来，朝着自家男人就是一爪子："都什么时候了，还责怪孩子，孩子这活蹦乱跳的，健健康康的不就行了，你管她留什么发型！"乌鸦爸爸果然不再言语，只唯唯诺诺地躲到老婆身后，满目柔情地望着娘俩笑。

午饭前，两只乌鸦就暂时离去了。他们答应了小鸽子，十天后再来教女儿飞翔，然后一起回家。小鸽子也答应了爸妈，十天内一定把羽毛留丰满，为日后的飞翔做准备。

2

正是劳动的时间。

德克在帮忙修剪一棵栗子树，小乌鸦在树下默默地捡栗子。

"不要怪爸爸妈妈，当初，他们把你藏在栗园，一定有自己的苦衷……"

听着德克的规劝，小鸽子只是轻轻地点了点头。她并不怎么责怪自己的爸妈，她的心情不好，是因为想到了十天之后与德克哥哥的离别。她感觉跟德克哥哥待在一起，实在比跟两只又老又黑的大乌鸦待在一起有趣得多。

但在这个世界上，谁与谁待在一起，好像并不是"有没有趣"来决定的。

小乌鸦想到自己终归不能与德克哥哥待在一起了，就禁不住蹲在地上默默地流起眼泪来。德克却以为小鸽子是因为找到了爸妈，才喜极而泣。德克再想到自己的妈妈和渺然无踪的复活咒语，也禁不住叹了一口气，陪着小乌鸦一起，无限地悲凉起来。

3

那晚，德克做了个奇怪的梦。

德克又梦见妈妈了，妈妈却总说脚有一些冷，德克便打来一盆热水，把自己的脚先放进去探了探水温，妈妈的脚也跟着放了进去。然后妈妈就坐在那儿安静地读书，德克就安静地看着妈

妈……德克喊着妈妈醒来时，天还没亮。

德克就用眼睛去瞪漆黑的屋顶，瞪了一会儿，感觉实在无聊，就想出门转转。

身边的小鸽子睡得正香，德克蹑手蹑脚地往门口移着脚步。德克经过光明与大篷的床边时，就想顺手摘走挂在床头的酒囊——确实有段时间没喝酒了，这俩家伙每次都把酒囊带在身上，防得很严。德克几次上了酒瘾，找到公鸡和肥猪要酒喝，他俩总一个劲地夺德克的酒杯，嘴巴里反复絮叨着"不许喝醉！不许喝醉！"德克就搞不明白了，既然不喝醉，还喝酒干吗？于是就干脆忍着，不去找额外的不痛快。

但喝酒毕竟是最有效的排忧解愁的法子，今晚再不喝点，实在行不通了。德克的手指刚刚触到酒囊，就被一只鸡爪子抓了个正着。太大意了，原来公鸡每天都会在五更时分醒来，虽说受栗园规定所限，不能起床打鸣，但两只眼睛可是雪亮的。

德克赶紧双拳紧抱，言外之意，放哥们儿一马！

公鸡却把鸡头一扭，手中并没有半分松懈，言外之意，哥们儿是受人之托来监督你戒酒的，不是来放马的！

二位在黑影里剑拔弩张地操练了大半个时辰，兄弟情谊最终战胜了铁面无私，公鸡提着酒囊，德克摸着石碗，一起悄无声息地潜出了客房。公鸡找个僻静的地方，把酒囊往德克面前一递，严厉地叮嘱："我要去准备报晓了，你就自斟自饮吧，最多只许喝三碗，回来我落实，你发誓，一定要诚实！"

德克"啪"地一个立正，毅然竖起右手，坚定地喊了句：

"我发誓!"

4

德克坐在空旷的沙丘上,独自喝酒,头顶上的晨曦,一片惨白。

大小均匀的沙粒,被大小均匀的斜风吹裹着,一颗颗敲打着德克的每一寸肌肤……气氛显得琐碎、沉闷,而且单调。德克每喝一口,就漫不经心地生出一点惆怅来。时间一久,那些一点一点的惆怅就开始首尾相连,越聚越多,像条细长的虫子,在德克的胸口和脑海间恣意蠕动。德克在几天前就有过这种惆怅,原来它们并非消失后就不会再有了。它们会随着一个又一个的不眠之夜,向自己汹涌袭来。

公鸡打鸣了。

公鸡的告诫,对德克来说,显然失去了震慑。德克感觉自己再不痛痛快快地喝醉一次,就快熬不过去了。公鸡完工后,来收德克的酒囊的时候,德克唯一的意识,就是清楚地数着自己刚刚吞下了第三十大碗。

公鸡恨不得把自己不争气的两只爪子至少剁掉一只!公鸡对着背信弃义的酒鬼大声训斥道:"德克,你还算个君子吗?君子养心,莫善于诚!你答应我只喝三碗的,你还发誓会诚实的,你诚实了吗!"

德克勉强睁开一线血色的眼睛,依然竖起右手:"兄弟,咱说好,只喝三碗,我发誓,我乘十了,我真的乘十了……"

公鸡总算没因大口大口地吐血而当场毙命。

5

德克醒酒后，只看到了小鸽子。

"大家都去读书了。"小鸽子轻轻笑着，捧着一碗水，想必已是午后。德克晃晃脑袋，挺起身子，半倚在墙上，讪讪地笑着——这是醉鬼醒来后的一贯表现。那一切的无奈、抱歉、过失、伤感、激情……经这讪讪一笑，仿佛就可与那些酒后说过的话和发过的疯一起被世人忘得一干二净了。

掩耳盗铃也不过如此。

"德克哥哥是不是又想起了妈妈？"小鸽子并不在乎德克的默不作声，全当说给自己听。德克果然什么也没说，甚至摇头和点头都没有，他只是抬手接过了小鸽子捧过去的碗。"这是德克哥哥喝醉后撕碎的白大师的药方，我都给拼接好了。"

德克低头瞅了一眼那些补丁上的字，心里又掠过一丝伤悲。德克尤其望到那句"德克解忧"，甚至感到有些讽刺的滋味，自己的确为别人解了忧，但谁来帮自己解忧呢？德克忍不住苦笑了一声。

小鸽子听到这声苦笑，并没受什么影响，反而激动地说："刚才兔子回来喝水，竟差点笑弯了腰，今天猪大篷在图书馆里可是闹出了大笑话！那头猪一定是想阅读点经典，就站在一排《老子》《孔子》《庄子》《孙子》下瞻仰，瞻仰半天，就声音很大地请教龙猫：'先生，这本《老孔庄孙子……》太厚了，我一定要读吗？’”

"原来这头笨猪把连在书脊上的字横着读了，听上去却就成了'老孔装孙子'，哈哈哈哈，德克哥哥，你说可笑不？"小鸽子一定想引来德克上次那样的很开心的大笑。

德克并没有大笑，但依然呵呵了几声，还配合了一点开心的脸色。德克很快笑完，就再去瞅那破布上的字，德克也知道这些字已经过期了，它们帮不了现在的自己，但他依然一个字一个字地去瞅，仿佛那里面会随时跳出些惊喜。

猪大篷的笑话对德克还是有了些骚扰，德克再去瞅这三句竖着排成行的药方时，竟无意识地横着读了一遍："龙栗放……"

德克一开口，小鸽子就听糊涂了："德克哥哥，你念的啥呢，龙立方是什么？"

德克也突然一愣，龙立方？

德克赶紧从怀里掏出"复活地图"，先找到第一帧的"龙"，再在第二帧的"林"字下虚画个"栗"字，第三帧那个方框，如果含一个"方"正的意思，连起来的谐音，岂不正是"龙栗方"吗——那复活咒语的三个字，十有八九是"龙立方"了！

德克一把托起小鸽子，恨不得把这只小鸟儿搂在怀里亲上几口，嘴巴里一个劲地嚷着："一定是了！一定是了！一定是龙立方了！"

小鸽子好像并不急着挣脱这只恐龙的大魔掌，反倒开开心心地嘟囔："准没醒酒，又疯了……大疯子！"

德克疯了好大一会儿，才把小鸽子放下，自己也坐回地图前。

现在只剩一个"咒仆"泪王子了，只要找到这把开启咒语的最后的密钥，自己就可以救活妈妈了。德克努力安抚住一心要蹦出嘴巴的小心脏，捧着下巴，四下观察。"复活地图"上说，那泪王子会一直与自己如影随形。德克赶紧把自己里里外外上上下下打量了一遍，与自己如影随形的，只有妈妈缝的几件穿在自己身上的狗毛坎肩，都半年多没洗了，这东西无论从味道还是道义上讲，也与"王子"的身份不符啊。

泪王子……哥们儿，你躲哪儿呢？

德克丰富的动作表情，小鸽子一直很入迷地瞅着，像在看一场期盼已久的演出，直到德克安静地坐了下来，小鸽子也安静地坐了下来，陪着德克猜哑谜。德克又推敲半天，终于无果，就一把拉起小鸽子，想出门碰碰运气。

6

被蛇毒害死的鳄鱼孩子，就浅浅地埋在鳄鱼家石屋的背阴处。

德克扒出来一看，好在气温转暖不久，小鳄鱼的尸体并没有受到腐蚀，只是嗡嗡地围了几只苍蝇。德克先是虔诚地四下拜拜，然后深吸一口气，朝着尸体庄严地念道："龙——立——方。"

小鳄鱼纹丝未动。

德克调高一下声调，再喊一遍："龙——立——方！"除了惊走几只苍蝇，依然没起什么变化。德克感觉自己的额头上开始一层层地冒汗。泪王子，你在哪儿呢？德克喃喃叫着，气馁地坐在沙地上，望着鳄鱼尸体发呆。小鸽子拼命地抱着一片大树叶为德克扇风，却并帮不上其他的忙。

这时，就有一只不识时务的苍蝇，在德克的面前悠然地飞着，绕了几圈，还从容不迫地落在德克的绿鼻子上。德克很早就受了白鹅的训诫，心中时时揣着"日行三善"，遇到这类难堪，实在连个坏眼色都不舍得给人家。

但那只绿鼻子却是有血性的，并不打算让只苍蝇平白践踏。

不等苍蝇站稳脚跟，绿鼻子就兀自抖动了几下。可能反应过于强烈了，那苍蝇猝不及防栽了个大跟头，翅膀至少折了一两根，整个胖身子也一头扎在沙粒上，摔得奄奄一息，眼瞅着就要活不下去的样子。

德克于心不忍，赶紧吩咐小鸽子找到一只苍蝇腿，在对应的肢体上画个"工"字，以备延后施救。但小鸽子的手一抖，给画成了"H"，小鸽子正要重新再画一遍时，就发现苍蝇伤员经此折腾，早已含恨九泉了。

德克并未责怪乌鸦，只是下意识地双手合十，两眼微闭，象征性地念了句不知从哪儿淘来的潜台词："我以龙立方的名义，允你复活！"

德克的眼睛还没睁开呢，就听见小鸽子欢快地叫："活了！苍蝇活了！"

待德克揉完了眼睛，小鸽子口中那只复活的苍蝇早就飞远了，德克有点失意地问道："是真的复活了吗？是不是没死利索，刚才你确定它是真死了吗？你抓它爪子时，有没有摸到它的脉搏？"要不是鞭长莫及，小鸽子真想给恐龙一个大大的脑瓜蹦儿。

你家养的苍蝇还有脉搏啊！

德克一心回忆着令苍蝇复活的小细节，并没羞愧于自己在生物学上的无知，小鸽子只好摇着脑袋提示："既然这咒语得了白大师的暗示，那这泪王子，大师也应该暗示过你的，德克哥哥好好回忆一下，当初你提到复活的话题时，大师都曾说过什么？"

"当初，我跪在他面前求他指点迷津，他先是把我扶了起来……"德克说着，就也演示着，把小鸽子抱了起来，然后模仿着当时白鹅看自己的眼神，盯着小鸽子，"他好像只说了一句，不哭鼻子，对，就是这句，不哭鼻子！"

小白鸽只好面对着德克的绿鼻子，并忍受着它呼出的大量的二氧化碳，继续提示道："大师当时的语气，你想得再仔细一些……"

德克望着近在咫尺的乌鸦，一点一点回忆着当时的细枝末节，就渐渐想起了白鹅的语气，甚至字与字之间的停顿："他说得很缓慢……他是先说了不哭……顿了一下，又说的鼻子……就是这样，不哭——鼻子……对，就是这样！"

"那只苍蝇在临死前，也是从你的鼻子上滑落的，德克哥哥，我想，你的绿鼻子，与泪王子一定存在着某种关系……哎哟，臭哥哥，你摔死我了！"

"我会让你复活的！"

德克丢掉小乌鸦，大叫着跑到了小鳄鱼的尸体旁，毫不犹豫地捧起一只鳄鱼爪子，在自己的鼻头上蹭了蹭，就直接喊出了那句"我以龙立方的名义，允你复活"，却顾不上双手合十，也没闭眼。

德克语音刚落，那条鳄鱼就地打个滚儿，翻身爬起来，一路哭着跑回了家！

德克望着小鳄鱼的背影，却并没显露出多少狂喜。

德克非但没有跳跃和喊叫，他甚至平静得好像连呼吸都消失了，他只是一手抚着小鸽子的后脑勺，站在原地，蜡像似的一动不动，呆了良久。

7

德克获得复活术的消息，在栗园里不胫而走。

德克每次与兄弟们打好背包准备离开时，就会在桥头遇上跪了满地的居民。他们家中无一例外都会有个已经死去、即将死去或者可能死去的可怜的家人。

而且，德克忽然感觉同行的团队中，好像除了他自己，其他成员并不是特别着急着离开栗园了。贪吃贪睡的猪不必说了，与猪"连体"的鸡不必说了，龙猫为了与师弟争宠也不必说了，那只每次都对图书馆恋恋不舍的兔子……都懒得说了。

但德克必须得说："各位兄弟，我此行的目的，是为了救

活自己的妈妈，我实在没有多余的时间等着别人一个一个地死掉，然后帮他们一个一个复活。我必须得走了，哪怕我不经过石桥，我独自翻过那些沙丘，我也要离开这儿，我要回家救我的妈妈！"没人站出来吭声。唯一出园子的通道正被"好客"的居民轮流把守着，四面的沙丘又软得像水，全是些能轻轻松松淹没人的坟墓……

"非留即死"毕竟是个不争的事实。

8

夜已经很深了。

德克正大睁着双眼，小鸽子也有自己的心事。

小鸽子满身的黑羽毛基本长全了，那些居民看她的眼神越来越怪异，要不是看在德克的面子上，很可能早就下逐客令了，好在小乌鸦与爸妈定好的十日之约，就在明天一早儿。当然，这些杂事小鸽子并不怎么放在心上，她关心的只是……可能过了明天，自己与德克哥哥就再也不能见面了。但是现在，德克哥哥心里一定不会有这么多离别的伤感，他也一定忘记了自己与父母的约定……德克哥哥正一门心思地想尽快离开这儿。

小鸽子想到这儿，就生出一些浓浓的失落来。

"德克哥哥……"

"嗯？"

"明天……你一定会离开吗？"

"嗯，明天一早，我就偷偷爬过那些沙丘。"

"那太危险了……"

"危险我也要离开，总比被困在这儿受煎熬的好！"

"哥哥，我……明天一早……哎？我明天一早送送你，好不好？"

"嗯……还是不要了吧，这类秘密行动，人越少越好，你就好好睡吧，照顾好自己啊。"

小鸽子的心里突然一酸，就忍不住"哗哗"地流下眼泪来。

小鸽子的眼泪好在每一滴都掉在了松软的沙地上，声音很轻，谁也听不见。

9

德克只睡了很小一会儿，就翻身起床。

德克背上了早就备好的羊皮袋。那里面比平时多了一包栗子和一个酒囊，栗子是最近小鸽子一粒一粒攒的，酒囊是睡觉前自己去公鸡床头偷的。德克轻轻掩上门时，才想起应该与小鸽子道个别的，但好像刚才起床时并没注意到她的身影……德克犹豫了片刻，还是终于没有回头。

根据几天的踩点，德克发现，沙丘最低的一段，就在三个立方罩后面，只有其他沙丘段的三分之一宽。德克正急匆匆地朝立方罩的方向赶去，刚赶了一半的路程，就被一匹枣红马挡了去路！

德克的脑海里立马就蹦出了一只黑猫的形象。

德克一步一步朝前逼了过去，今天，自己是势在必行，谁也

不能阻挡，甭说是只黑猫，就是刀山火海，自己也得蹚过去，如果这只黑猫不识时务，一心想测测骨冠龙的骨质密度，那哥们儿就成全了他！

然而，直到德克气呼呼地来到红马跟前，却并未发现黑猫的影子。

马背上倒是有只小鸟！

"小鸽子？"德克忍不住轻声低呼起来。小鸽子并不答话，也没有从马背上跳下来，只是扬手把德克招至跟前，悄悄地说："刚才我听爸爸说过，他有一次看到黑猫骑着这匹红马，从立方罩后的沙丘上玩过跳跃，德克哥哥，你就骑着这红马回家救妈妈吧，对了，爸爸还给了我一幅从栗园去格林村的路线图，你也带在身上吧……"

德克听着小乌鸦的絮叨，却像听一首特别喜欢的歌曲，并不希望她急着唱完。

但小鸽子就自觉地说到这儿，然后气势汹汹地警告红马："大红枣，路上你可要听我德克哥哥的话，你在栗树底下偷埋栗子的事，我就不给你张扬了！"

大红枣很委屈地瞅着德克鼓鼓的羊皮袋："那些栗子还不都让你没收了去……"

"别犟嘴了，这是你与德克哥哥在路上的口粮。替我照顾好德克哥哥啊，否则我连你偷狐狸大妈的口红涂蹄子的事儿，也一并揭发了！"这小辫子，实在被抓得太牢了，红马果然耷拉了脑袋，再没吭一声。

德克翻身跨在了马背上，任由小鸽子跳上了自己的肩膀。

"德克哥哥，祝你平安到家，早日救活自己的妈妈。"

"你也要早日学会飞翔，得空飞去格林村探望我。"

"一言为定！"小白鸽豪迈地伸出一只要拉钩的小爪子。

"一言为定！"德克伸出胳膊，干脆把小白鸽整只搂在怀里。

德克的心里道了数不尽的感激。

10

红马熟练地在立方罩上借力，轻松地跃过了沙丘，绝尘而去。

小白鸽怔怔地望着远方，幸福地想，刚才，一定有好多的眼泪留在了德克哥哥的身上。

可惜现在再多的眼泪，也只能留在沙子里了。

十二、驯魔师的噩梦

1

格林村，多么熟悉而陌生，多么亲切而绝望。

德克握着一张翻碎了的路线图，牵着一匹瘦马，疲惫地站在格林村独有的那棵梧桐树下，已经是两个月之后的事了。

梧桐树下，一个白胡子老人正在讲故事，身边围了几个孩子和一群苍蝇。德克走到了老人背后，才引起了对方的注意。孩子们早一窝蜂围观大红马去了，老人颤颤巍巍地起了身，拿浑浊的眼睛上下打量着德克。老人接着就发出了一声短促而尖锐的"哦"，眼睛里也射出了咄咄的光芒，像捡到了钱的乞丐一样。

这白发苍苍的老者，恰是村长，德克记得他那张宣布过妈妈死讯的嘴。

村长一改先前的老态龙钟，拉着德克就敏捷地钻进了不远处的葵神庙。葵神庙里显然很久没有人来打理了，四壁上满是污渍和蜘蛛网，到处散落着卷了边的破书和成堆的垃圾，威严的葵神像更是自上至下披了件灰蒙蒙的尘土外衣，瞧不出一丝当年本色。

"德克啊，你可回来了！"村长哽咽了几声，就开始老泪纵横，"现在的格林村，人心太散了，他们一个个不学习不读书也就罢了，连这庇佑村子的燊神也不供奉了，你瞧瞧，这哪像什么燊神庙啊，这简直就是个垃圾场啊！"

德克抬脚甩掉了刚踩上的一坨鸟屎，心说太谦虚了，这儿早就升级为村头厕所了。

老格林又抱怨了一些村民不听号召、不团结、不为村子卖力气的话，就被德克打断了。

"格林村长，我的妈妈呢？"

"德克，你不记得了，你的妈妈，她已经去世了……"

德克反常地一笑："我知道妈妈去世了，我是问我那去世的妈妈现在在哪儿？"

老格林错愕了片刻，然后洗脸似的抹了把脸上的鼻涕和泪——这是他处理脸部异物的一贯动作："德克，你……要去拜祭吗？"

德克再笑得剧烈一点："我要救活她，我得到复活术了，我已经令好多死去的人复活了。麻烦老村长现在就带我去见我的妈妈，越快越好。"

"复活！德克，你真的……能令死掉的人复活？"老格林的脸上明显掠过了很大的欣喜之色，皱纹也舒展了许多。

德克很用力地点了点头。

老格林再一琢磨，神采却突然冷却下来："德克，那复活的仪式一定很复杂吧！又需要筑些祭台、凑些祭品、拿些银两出来吧！"

看来，老格林是吃足了江湖术士的亏。

德克并不辩解，只抬手从蜘蛛网上摘下一只正在挣扎的大蝴蝶，挑出一条蝴蝶腿先在自己的鼻尖上蹭蹭，又在花翅子上画个"工"字，然后一把摔在地上，再狠狠踩上一脚……德克意味深长地瞅着老格林："死了没？"

老格林伸头确认了一眼，惋惜地点点头。

德克依然一句"我以龙立方的名义，允你复活"，一个响指过后，大蝴蝶便翩翩地飞了起来。德克然后扭头盯着老格林，又问那句："我妈妈，现在在哪儿？"

老格林赶紧上前一步，拍着德克的肩膀，像个亲密的长者："德克，听我说，我了解你现在的心情，但我们需要从长计议。你和你妈妈都是被村民认定为不祥之物的，你妈妈的尸首一直被他们严加看管，好在我选了副上好的防腐棺木，还给她穿上了像参加宴会一样的华丽服装，你就放心好了……"

德克好像记得妈妈在临死的时候，并没有穿像参加宴会一样的华丽服装，她甚至没穿什么衣服。好像也没见到有什么上好的防腐棺木，那群负责丧葬的司仪只是用一把油光发亮的木梳，把她的皮毛梳了又梳、梳了又梳……

"我倒有个法子。"老格林警惕地望了望四周，还斜了一眼灰不溜秋的獒神像，才把嘴巴凑近德克，"你就待在这獒神庙里，然后我就放风出去，说羲神显灵了，派来一位复活使者，可令村民们死而复生，时间一长，格林村上上下下一定会把你奉若神明，你的妈妈自然也会沉冤得雪，复活后就可以安心在格林村颐养天年了。"

经历了如此风雨，德克毕竟不再是当年的毛头小伙子，虽然救母心切，但仔细琢磨着老格林的话，着实在情理之中，再说救活几个乡里乡亲毕竟不是什么坏事，还能顺便积累点人脉，也好为复活后的妈妈挣点风头。想到这儿，德克便不再任性，恭恭敬敬地朝村长弯腰一拜："一切听从格林安排。"

村长一走，德克就寻来一把秃了毛的笤帚，打扫出一块能睡觉的地方来。德克是需要好好睡一觉了，两个月里，德克很少梦到妈妈。

德克基本没有完整地睡过一个能支撑自己梦到妈妈的囫囵觉。

2

德克以前的噩梦，只会带来一些痛苦和失落。

但德克刚才的噩梦，却变得恶劣极了。他清晰地梦到自己被装进了一个满是毒蛇的袋子里。他睡着的每一秒都与痛苦、恐惧、绝望相伴。德克被自己的惊叫吵醒了几次，醒来也没有好转，反倒迷迷糊糊地分不清自己是醒着还是在梦中……德克依然没有梦到妈妈，但德克又庆幸妈妈没有出现在自己的噩梦里，尤其自己面对那些毒蛇时，多亏妈妈没在身边，否则她一定会担心

死的。

一阵吵闹和扫把的碰撞声，令德克彻底清醒了过来。

几个来帮忙打扫卫生的，无一不是老弱病残。他们一定是从老格林那儿听到了"羿神显灵"和"复活特使"的双料神话故事，但德克并没有从他们的眼神中获得神一样的崇拜。反倒感觉他们看自己时，更像在看一只演杂耍儿的小猴。这羿神庙也仿佛只是即将耍猴子的戏台子，他们打扫得并不仔细。

天无绝人之路。

当天，格林村就死了一个厨子！那可是格林村里最好的厨子，原来是一场不多见的倒季小感冒，让他的肺部发了炎，咳嗽死了。村民们惋惜得不得了，在很多个食不果腹的饥荒日子里，这位厨子却能够熬得一手好稀饭，添再多的水，都不觉得寡淡！

几个念旧的村民，就一起把厨子抬到羿神庙前，打算让羿神派来的"复活使者"死马当作活马医。格林村显然已经有年头没组织过公共活动了，村民们听说可以现场观摩到"大变活人"的好把戏，就个个放下手中的粗细活儿，携妻带子，往羿神庙前赶。

德克耐住性子卖了几刻钟的关子，面前就人山人海了。

看着刚才还躺在地上僵直的厨子，转眼就健步如飞回了家，格林村这才沸腾起来！

羿神庙里里外外立马被打扫得一尘不染，还被粉刷一新，用的全是方圆百里最细腻的泥浆。羿神像也被披上了大红色的罩衣，里面还有一套粉红色的衣裤，这几乎用尽了全村女人的嫁妆。庙门和牌匾也要全部换成上等的硬木，几个手艺最好的木匠正在连夜赶制。所有人的伙食都由复活的厨子无偿供应，稀饭史无前例的稠——这"无偿"实在有些多余，樊神庙每天的香火钱，多得流油。

通往樊神庙的原本长满杂草的小路上，开始天天冒着青烟。

3

格林村对德克的复活术很满意。

格林村似乎都复活了。格林村在整个沙漠地区再次闻名遐迩起来，甚至被直接喊成了"复活村"。村子里每一面临街的墙壁上，都是用又粗又浓的毛刷工整地涂写着醒目的标语——"死不重要，我们都会死。重要的是，我们会不会复活！"而家家户户的大门上，也张贴了相同内容的小一号的对联，即便不怎么对称甚至都有点绕口，却整齐划一，让每个初来乍到的外乡人一眼就能瞧出村子的超常之处。

格林村对德克的回报，德克也很满意。

吃的不必说了，定是一日三餐由村子里最好的厨子烹饪村子里最上等的食材。德克一年四季裹在身上的狗毛坎肩，也被善男信女们扒了个精光，他们纷纷从家里拿出了最适合这个季节和德克肤色的布料，把德克打扮得像个佛爷。

红枣马也跟着受了"点"照顾。全村最嫩的牧场，金光闪闪的铁掌，冬暖夏凉的马厩……这些村民口中的"宝马标配"，都被红马虚心笑纳了。不出两个月，这匹瘦马的肚子就胀成了河

马，喘气也粗了起来……

出于让红马"戒骄戒躁"的考量，德克赶紧把他打发回了栗园，借口是把龟缩在树林里啃栗子的穷哥们儿全部接来。

有福同享。

<h1 style="text-align:center">4</h1>

这夜，德克一袭长衫，独自站在巍峨的夔神像下与夔神对望。

那夔神像的底座上，刻有八个篆字铭文：驱魔卫士，不忘初心。

相传很早以前，格林村唯一的敌人是一种叫作沙漠狼的畜生，就是当年的草原狼，这片沙漠中狼的唯一食材只有格林村及邻村的羊。沙漠狼是种狡猾而敏捷的动物，它们会利用浓浓的夜色，跳过高高的荆棘，饱餐一顿，然后抚摸着滚圆的肚皮，静悄悄地把自己埋藏在羊圈松软的沙层里，等到天亮，人类打开圈门清扫羊粪时，他们便集体一跃而起，疾驰而去……好在近百年里，这类景象只是老人们口口相授的惊悚传说而已——大家并没真正见过一匹狼，也没人真正丢过一只羊。这种良好的治安现象，有人归功于村子里成群结队的凶悍而忠诚的狗，也有人归功于村头的这座夔神庙。夔神庙的历史，比存活在格林村的任何一种生物都悠久许多，所以它的兴建起源大家的确无从考证，但从庙中供奉的这座夔神像及底座上刻的铭文可以看出，老祖宗留下的这套家产，铁定是防狼的。

　　德克正与神像互动着一种被崇拜后的飘飘然的感觉，房梁上突然就传下一声："德克！"声音粗暴而陌生。

　　德克知道，能站上又高又滑的神庙房梁的一定不是等闲之辈，但听声音又不是熟人，德克甚至没听出这家伙的品种。房梁上漆黑一片，德克也懒得抬头。

　　"施主，能不能下来说话。"

　　"哟，忘了，应该尊称您一声大师才对，德克大师好！"

　　对方明显有些油腔滑调，字里行间透着对德克的不恭。德克心想，自己的信徒渐广，就算这家伙跟自己打过照面，总没熟到可以得寸近尺的地步吧。德克眼巴巴地望着头顶，倒像个捉迷藏的孩子："叫我德克吧，只要你能下来。"

　　"听说你是獒神派来的使者，那就让我猜猜你这使者的企图，你是不是打着獒神使者的幌子，回格林村救妈妈来了？"

　　德克禁不住打个寒战，下意识地瞄了獒神像一眼，感觉那条"石狗"也在嘲笑自己。德克赶紧打起十二分精神，全力应付这位突如其来的神物："阁下说得极是，德克确实是回格林村救妈妈来了，至于獒神使者之说，纯属欺世盗名，让阁下见笑了。"

　　"欺世盗名有什么好见笑的，我只来问你，你找到自己的妈妈了吗？"

　　德克经此一问，竟不亚于受了晴天霹雳。

　　妈妈！从什么时候开始，自己忘记了去向老格林追问妈妈尸首的下落？最近自己都忙着做什么啊？锦衣玉食，雕梁画栋，富丽堂皇，善男信女们口口声声的膜拜，追捧，奉承……享受，全

是享受，我是回格林村享受来了吗？

德克扬起巴掌，狠狠赏了自己一个大嘴巴子，半边脸上瞬间现出了几道殷红的血痕。

梁上那位仿佛见不得血腥，声音有点抖："哎……别……别动手啊，看到你的悔过之心，坚如磐石，本姑……呸……本尊就点拨你一下，出门西行十里，遇到一块大砾石，再往北数二百步，会看到一处断层，断层上下排列着三个废窑洞，你爬上第三个……"

德克正用心记着，却只听"嘭"的一声，奚神庙门就被撞了个洞！

接着就是一片鸡鸣，猪叫，兔子哎哟——

"德克！水、水、水……"

"德克！德克！哪有吃的，喝的，越多越好，越多越好……"

"萝卜！哪儿有萝卜！缨子也行……"

5

德克并没等到天亮。

只等到这群栗园来的老乡们吃饱喝足了，德克就拜托夜视能力最强的黑猫，与自己一起出门办点事。其他众人听闻，纷纷嚷着一起，说对这传说中的格林村可是仰慕已久，只要肠胃允许，必定要先睹为快的，哪管什么半夜三更。

不多时，一行黑影就悄悄溜出了奚神庙。

黑猫领先，德克紧随，尾巴后面依次是龙猫、公鸡、肥猪、红马断后。德克不时抬头根据星斗辨着方向，龙猫丈量着距离，肥猪和红马一唱一和哼着小曲，不出两个时辰，就听黑猫喊了声："砾石！"

德克默念着："往北数二百步。"

德克只数到二十步，就看到了断层上朦朦胧胧的三个窑洞口。德克示意大家就地隐蔽，然后单点了黑猫，一起悄悄摸上前去。德克一路上想到神秘人物提示的第三个窑洞，还纠结着没来得及确认是从上面数还是从下面数呢，如今看来，却是多余了，只有最下面一个洞口透出了火光。

守夜的是两只乌鸦，正围着一团篝火打瞌睡。

德克与黑猫站在洞口时，其中一只机灵些的，就立马抬头喊了一句："口令！"显然以为来了换班的。另一只却就迷瞪得多，随口就对了句："春风又绿江南岸！"率先清醒的一只哪还顾得上背诗，看清来者绝非善类，早就逃出了洞口。

这第二只可就失了良机，不等打开翅膀，就被黑猫一把攥住了脖子。

德克上前扒拉着猫爪子，确认完这只乌鸦并不是只白脖儿，才轻轻弹了一下对方的尖嘴儿："就你这两下子，也想去绿江南岸？咱不浪费时间，我知道，你们乌鸦也没那充当英雄的野心，我只问一遍，答完你走人。你有没有见过一条狼狗的……尸体？"德克咬着嘴唇，忍住悲恸，尽量把最后两个字说得圆满。

德克显然低估了乌鸦的坚贞不屈，对方很顽强地摇了摇脑

袋。

德克对着黑猫惭愧地耸了耸肩膀："还是你来吧，我说过的，只问一遍。"

黑猫对这只黑色败类却一个字都不想搭理，只是手中加了把力气。乌鸦就开始汽笛般地尖叫："这儿真的没什么狼狗尸体，我们只是奉命来看守一条活着的母狗，她就被关在第二座窑洞里，钥匙就挂在我身后的墙壁上……"德克赶紧点头致歉，对不起兄弟，误会，误会啊！

爬上第二座窑洞，德克举着火把，仔细打量。

德克不太相信那是自己的妈妈，她虽然活着，眼睛里却看不到一丝光彩，她一动不动地蜷缩在没舔过一口的饭碗旁，望着满地的风沙和洞口发呆……直到那只狗鼻子里若隐若现地哼起了一首《摇篮曲》。

那是一首古老的《摇篮曲》，德克听过不下千百遍，实在再熟悉不过了。

"妈妈——"德克几近喑哑，却依然轻柔地喊道。

对方缓缓抬起头，好像费了很大的力气，才看清火把下的那张脸，然后以一种无比压抑的、极不可思议而又兴奋的语气，轻呼了一声："德克……"

"妈妈！真的是你，妈妈！你原来还活着！太好了，妈妈，你还活着！"

德克完全不顾妈妈一身的霉臭和自己崭新的长衫，立刻就把一颗硕大的脑袋尽力往妈妈的怀里拱，但那只脑袋实在已经太大了，拱了半天，德克妈也只能摸到德克的一点点头顶和一半的腮帮子。

"我的德克长大了……"德克妈的泪已经滴到了德克的脑袋上，并且很快流进了德克的脖子里，德克感觉痒痒的，舒服极了。

"妈妈，你知道我有多想你吗？早知道你还活着，我一定不会离开你的，从此之后，我就一刻也不会离开你了，我哪儿也不会去了，妈妈……妈妈，你能活着真好！"德克扬起脑袋，这次只是盯着妈妈的眼睛看，仔仔细细地看了一遍又一遍，每一遍都恋恋不舍，仿佛这到手的相聚，转眼间便会失去……以前那些吊人胃口的梦，实在太可恶了！

黑猫在旁边举着两只火把，胳膊有点不太受用，等再勉强坚持到德克又看完一遍妈妈的脸，就开始告饶了："德克，此地不宜久留，赶紧带妈妈回村子吧！"

德克也渐渐从兴奋中回过神来，就把妈妈抱在怀里。

黑猫打个呼哨，洞外的伙伴们蜂拥而至，七手八脚将德克妈安顿在红马背上。众人体谅德克救母心切，一路疾驰，不到一个时辰，就赶回了奨神庙。

6

第二天，天不亮。

"妈妈，你疯了吗？你这是疯了！"奨神庙里，传出了德克的狂叫，"我怎么可能去亲手杀死自己的妈妈！"

回到神庙，德克妈的精神就很不正常，语无伦次。

"德克，听我说，我是个驯龙师，不借用骨冠龙的覆灭术，自己是死不了的，但是我真的活腻了，我只是你的生理驯化师，我只是一条狗，我不是你的妈妈，我只是一条有着极大虚荣心的狗，我怎么配做你的妈妈！我一直感觉自己死晚了一大步，这种感觉折磨着我多余活过的每一天，我一直困扰于自己为什么不能在该死的时候立马死去！"

德克妈像条疯狗一样大喊大叫着。

"德克，很简单的，你只要把复活咒语中的复活俩字，改成覆灭，我就解脱了！德克，帮帮我这条老狗，好不好？"

德克突然感觉，自己与童年有关的那一小段色彩斑斓的回忆，正渐渐变得灰黄起来，连同其他珍藏的与妈妈有关的一切，仿佛就要化作满目疮痍的黄沙了。只差风一吹，顷刻间就会了无痕迹。

德克哭丧着脸，轻轻上前，把妈妈揽在怀里，那一刻他不再像妈妈的儿子，倒像个慈祥的父亲。

"妈妈，德克已经回来了，我知道，你受了太多的委屈和磨难，但是德克回来了，有什么困难，德克和妈妈一起面对，只是你不要再说离开我的话了，好不好？我不管你是什么驯龙师，我也不管你是不是一条狗，我只认可你是我的妈妈，是这个世界上我唯一的亲人，妈妈，让我陪着你，我们一起过好下半辈子，好不好？"

德克妈开始趴在儿子的怀里哭泣。

"我这辈子，认识了那么多的人，他们形形色色，不计其数。像蛀进我生命里的益虫和害虫一样，繁衍不息，又逐一灭绝。到头来，却没有一个能在我心里真正的停留过，除了你们兄妹四个。你们却一只一只地离我而去，妈妈的心，早就死掉了……"

"妈妈，你能告诉我是谁把你囚在窑洞里，又是谁告诉你覆灭咒语的秘密吗？这些人一定怀了恶劣的坏心眼！"

德克隐隐怀疑，妈妈一定在受着什么人的迫害。

德克妈猛然抬起头，惊恐地望着儿子："德克，你一定要记住，无论发生什么事，你都不能哭，唯一能驱逐泪王子的就是你的眼泪，你不能失掉复活术，你一定要多去救人，这样才能保证自己的血液温度，才能像所有的温血动物那样度过严寒，否则，冰川一来，你一定会再次灭绝的。"

德克见妈妈并没直接回答自己的问题，就玩儿了个迂回战术："好的，妈妈，德克听您的话，再说等您百年之后，我还要利用复活术让您复活呢！"

德克妈重新把头轻轻靠在儿子胸前。

"妈妈，我想让自己活得充实一些。"德克一边说着，边低头观察着妈妈的反应，"过去我只拿复活术去无偿地救人，太吃亏了，格林村长说，我只要每人收取一点点费用，就可以把咱家的房子盖得像宫殿一样气派……"

德克妈果然激动起来。

"德克，不要相信他的话！那样你的心会凉下来，你的血也

会更新变冷……"

"妈妈，格林村长也是一名驯龙师，对不对？"

德克妈未置可否，只是慢慢地垂下了头。

德克终于验证了自己的怀疑，从知道妈妈根本没死那一刻起，德克就怀疑到了那个老头子，当初可是他当场宣布的妈妈的死讯！后来德克问起妈妈的去向，又是他百般阻挡和隐瞒。加上妈妈被囚……有本事与乌鸦勾结，而且能把一个驯龙师折磨得神志不清，痛不欲生。

这类勾当，非他莫属。

7

德克约齐了小伙伴。

大家正要气势汹汹地赶往格林府兴师问罪，却在梧桐树下瞅见了老格林。

老家伙完全没了几个月前的颓废，只见他把两条胳膊倒背在身后，任一尘不染的白须在胸前随风飘荡，装出一副大师们常有的凛然之气。可惜肩头落了只乌鸦。

"德克，找到妈妈了？"老格林只是逗弄着乌鸦的金色的嘴巴，并没正眼瞧这群畜生。

在驯龙师面前，德克毕竟有点生畏，就把话尽量缩短："承蒙关照！"

"唉，说来你妈妈真是条倔强的狗，当初我让她诈死，不但可以消除村民对你们的仇恨，还可令你一鼓作气获得复活法术，可谓一举两得。没想到你妈妈一听到你回到村子的消息，就私自醒来，哭着嚷着要去见你，德克，你若没了救妈妈的动力，那复活术还能运用得如此熟练吗？再说你一旦落下眼泪来……老夫我可不敢冒这个险。没办法，我只好麻烦乌鸦一族，将她软禁起来，这些你妈妈都告诉你了吧？"

德克摇摇头："是我猜的！"

"啧！真是只聪明的骨冠龙，不愧为恐龙的祖先。哎，所有的恐龙如果都像你一样聪明，那该多好啊，当然，也就没有我们驯龙师什么事了，啊哈哈！"

老格林大笑起来，很不悦耳。

好在只笑了一小会儿："但是德克，别忘了那句俗话，恐龙再有能耐，也逃不过驯龙师的手掌心啊，你真以为获得复活术全凭自己的才智和运气？啊哈，这只是我们万能的蟒蛇大师策划的一盘棋局而已，而你，只是一枚小小的棋子而已……啊哈哈！"

德克妈恰在这时蹒跚着从庙门里钻了出来，德克赶紧跑过去搀扶。

德克妈却就地匍匐了下去："求师父和格林村长放过德克吧，他心地善良，他不会对别人造成危害的，他跟其他的冷血恐龙不一样的！只要你们放过德克，我一定听你们的话，今生不再与他见面，绝不打扰他拿复活术去救人，我还会劝他帮着你们完成你们的大业，我什么都听你们的，只是求你们不要再伤害我的孩子……"

老格林又停住了笑："瞧德克妈说的，我们保护他还来不及

呢，怎么会去伤害他呢，他可是蟒蛇大师与人类合作的大砝码啊，没有那复活术，人类哪会搭理什么蟒蛇啊，师父可能早被端上餐桌吃掉了。"

老格林边说边往前凑着，没多久就进入了骨冠龙的攻击范围。德克朝有些身手的兔子王递个眼色，对方心领神会，手握两根仙人刺，绕到了格林身后，单等德克一声狂吼，二位同时冲了上去……

德克妈却绝望地喊了声："不要！"

老格林不慌不忙地念了句经文——他在下狠手之前，有个忏悔的习惯。

德克感觉，自己仿佛撞在了一堆羊毛上，先是绵软无力，接着头顶就如扎入了千万条烧红的钢针一般，疼痛难忍！整个身子也随之飞回了原地。德克妈知道，老格林顶多用了三成的内力气，否则，骨冠龙早就脑浆迸裂、当场毙命了。

兔子王也正被提溜了两只耳朵，无助地蹬着爪子。老格林对兔子多看了两眼，或许因为面熟："今天没萝卜，就不炖你了，说实话，老夫还真是怀念你父亲炖萝卜那个味道，实在是鲜美极了！"

兔子王并不示弱，嘴巴里大声骂着："原来那天的蒙面猎手是你！亏你还假惺惺地把我们送到村头！你个伪君子！"话音未落，手中两根仙人刺就直接掷向了格林的双眼。格林老眼昏花的，并不敢过分轻敌，赶紧拧头躲开，手中的兔子也被抛回了队伍。

老格林迅速恢复到了先前的儒雅，就又去逗弄肩头的乌鸦。那金嘴乌鸦也不是只什么好鸟："主人问你们，还有什么本事，全部施展出来吧！"

声音未落，就传来一声："驯龙师里，也有败类啊！"

声音低沉而浑厚，犹如从很深的地下冒了出来。

8

那声音竟然真来自于地下！

就在老格林脚前五步远的地方，好端端的平地，突然鼓出一个高高的沙堆。待沙土散尽，就听到德克惊呼一声："老羚羊！"

老格林并没作声，他正忙着躲避脚下层出不穷的霸王龙。老格林最终采纳了乌鸦的建议，像只猴子似的迅速爬到了高高的梧桐树上。因为树下满是张着血盆大口的霸王龙。只等老羚羊打个手势，那群霸王龙便合起嘴巴，集体伏在了梧桐树下，温顺得很。老羚羊这才得空朝德克几个挑了挑下巴，算是熟人间的打招呼。只是目光扫到德克妈的时候，却恭恭敬敬地弯了弯腰，德克妈也勉强回了个礼。

老羚羊再抬头瞅树上的老格林时，发现他正笔直地站在一截不太保险的树杈上，只是肩头已没了乌鸦，双手也不再背在身后，而是软塌塌地垂在身侧，气质全无。

"格林村长，六百年来，我们一直追随您，为了天下苍生，耐着寂寞，忍着孤独，凭着一腔热血和一份看不到任何希望的理

想，终于孵出了骨冠龙，找到了复活术，我们马上就要功成名就了，但您为何恰恰在这个关口，做出如此大逆不道、残害同门的事情呢？师父的话你都抛到哪儿去了？你这样晚节不保，对得起他老人家的栽培吗？"

老格林并不辩解，只是朝羚羊哼笑几声："你们没有做过一村之长，哪里懂得看着村子兴旺起来的那种乐趣，复活术对格林村太重要了，我决不允许它出现半点闪失！噢，大羚，难得你还记得师父？啊哈哈，我正是听了师父的话啊！既然你们想师父了，那就请他老人家来开导开导二位吧！"

老格林说着，就把下垂的两只胳膊缓缓屈起，双手各拈个兰花指，嘴巴里嘟囔一句不为人知的咒语，身子就开始剧烈地摇晃，甚至连整棵梧桐树也跟着晃动起来，眼瞅着老家伙有几次都会铁定摔下树来。但一直到人稳树定，老格林依然牢牢地站在那截危险的树杈上，身形不改。

再过片刻，老格林的两只长袖就像鼓足了风，呼呼啦啦地纠缠在一起，拧成了一只蛇头的模样。那蛇头不但活灵活现，而且嘴巴还能张合有度，发出苍劲的声音来："小朋友们，都到齐了啊！"

话音一起，梧桐树下的十几只霸王龙竟然显得异常慌乱起来，一只只惊恐地望望头顶，又望望羚羊，个个做好了随时逃跑的准备。

"大龄，长寿，都怪为师对你俩有所隐瞒，才出了这些误会……"

　　羚羊与德克妈毕竟有些年头没听到有人喊出自己的名字了，心里无形中就泛起了酸楚，凝在脸上的警惕也放松下来，耐着性子听完了蟒蛇的独白。

　　"为师安排格林村长做的这一切，都是出于公心。我们驯龙师的职责是驯化恐龙，这没有错，但是我们恐龙的上古法术，是不能仅仅去造福几只恐龙的，尤其这复活术，还只允许骨冠龙去一脉单传，这实在是太狭隘了，我们要有长远的眼光，我们要让这个世界的主宰去接受我们，去容纳我们，我们要跟他们合作。噢，说了半天，他们是谁，大家知道不？他们就是人类，他们就是万能而伟大的人类，他们就是当今世界站在最顶端的人类！你们这些算是有点法术的驯龙师，不要再抱着几条冷血恐龙死死不放了，恐龙总有一天会再次灭绝的，即便这只拥有复活术的骨冠龙会长生不老，他也会救活几只老死的恐龙，但只要下一次冰川来临，恐龙依然是要灭绝的！长寿，你先前孵化的那三只恐龙，是不是例子？我安排格林村长偷偷把他们抱走，就是想找个四季分明的地方，测测他们自然越冬的能力，怎么样，现在一只只都冻成冰棍了吧！这才多大点寒流啊，那冰雪覆盖下的大冰川，才是冷血动物的鬼门关啊！现在，听为师的还来得及，放弃那些冷血的恐龙，让他们自生自灭去吧，忘掉你们恐龙驯化师的身份，我们手中有一只能令人复活的骨冠龙就足够了，我们要去与人类合作，我们的复活术只会用在人类身上，他们想让谁活，咱就让谁活，他们想让谁死，咱就让谁死，人类那么有智慧，我们与人类的合作一定会大有前途的！就这样吧，你们以后多跟格林小子

靠拢靠拢，少跟些鸡狗猫鸭的混在一起，它们早晚只是人类的一锅下酒菜……"

德克好歹搞明白了自己的身价。忙活半天，自己只是一份拿得出手的见面礼啊！这跟龙王庙里摆的猪头有什么两样？"蟒蛇大师是吧？久仰！你怎么就认定我骨冠龙会乖乖地听你的吩咐呢？"德克任性地拿眼斜着对方，"以前你是妈妈的师父，倒好商量，现在你已经堕落成大反派了，要与恐龙家族公然为敌了，我凭什么心甘情愿地受你摆布？我德克死也不会为你救一个人的！"

蟒蛇听完德克的问话，并不急着作答。

只见两只袖子凌空打了个呼哨。顷刻之间，一团像墨一样的乌云，就从天边滚滚而来。乌云里没有雷声，漫天只是乌鸦"呱呱"的叫声。可能全沙漠的乌鸦都赶来了吧，它们瞬间组成了一片无边无垠的黑幕，遮天蔽日。

空气中到处充斥着阴冷和黑暗。因为阳光被遮挡，气温自然骤降得厉害，没一会儿，那几只霸王龙就开始瑟瑟发抖，獠牙都颤了起来。蟒蛇却并不算完，蛇头的袖口朝着人群一甩，顿时狂风大作，黄沙弥漫。待尘暴落定，其他人只是乱了乱发型，唯独公鸡与肥猪，模样却起了大变化。公鸡像刚从烫锅里捞了出来，全身的羽毛一根不剩。肥猪更加彻底一些，一身猪皮都没了踪影，肉乎乎的嘴巴子也削成了圆锥形。

公鸡和肥猪却不知是寒冷还是惊吓，正与那群霸王龙一起颤抖着身子。

梧桐树上就传出了"嘎嘎"的干笑："骨冠龙,这就是号称与你肝胆相照的兄弟,你甚至都不知道他们的身份,他们其实也是两只恐龙,一只鸟翼龙,一只尖角龙,全是些冷血的畜生,却天天装扮成温血动物,异想天开!你再想想那些你费尽心神令他们复活的冷血动物,他们又有几个记住了你的名字……"

在暗无天日的严寒下,有几只恐龙已经开始摇摇欲坠。

德克知道再也由不得大蟒蛇去拖延时间了,手中偷偷摸出酒囊,交与黑猫,自己却上前一步,仰头与蟒蛇纠缠:"大师,你这话说得就有些偏颇了,当年为你接生过的阿姨,你还记住她叫什么名字吗,她不也是无怨无悔地把你从蛋壳里抱了出来,让你长大以后,遗祸天下……"

德克言外之意,都是卵生的爬虫,玩种族歧视,也会连累到阁下的出身!

蟒蛇果然悠悠地叹了口气:"不用你提醒,我也知道自己曾是冷血动物,所以我才放弃了那具冷血的皮囊,我用毕生所学守住一团魄魂,游荡于人间。那些人类真是友好,只要我满足他们一点小小的欲望,他们总是自愿地接受我的寄居,我的好徒弟格林,君子城的商贾,路边讨饭的乞丐,喜欢糖果的孩子们,乞求幸福的男男女女……他们的欲望总是无穷无尽,实在太好了。"

德克斜眼瞄了一圈,恐龙们喝了栗子酒,已经迅速恢复了先前的精神。尤其那只尖角龙,可能饮得过量,竟然两腮绯红,比做猪时粉嫩多了。

蟒蛇也很快便察觉到了恐龙们的变化。两条袖子再凌空打个

呼哨，天空的黑幕就像从中间漏了一角，那些黑乌鸦也像遭了枪击一样，一只只朝着梧桐树的方向垂直落了下来，待触到蛇头形状的袖口时，每只身上都发出了一种"噗噗澎嘭"的声音，犹如一块湿透的抹布，重重地甩打在玻璃罩上。

那些乌鸦经此一摔，却就真正变成了一道道黑烟，每一道都有个箭镞般的尖头，速度也快得惊人，不等众人反应过来，现场所有的动物都被黑烟缠了一圈脖子，又被尖头戳住了喉咙……包括老羚羊和德克妈。

德克却除外。

"骨冠龙，如果你想看着这帮亲友像挣扎在毒雾中的苍蝇那样，一个个地死掉，那你尽管任性而为，我倒真敬你是条冷血的汉子，还可以放你一条生路！不要认为所有懂法术的都是菩萨，或永远是菩萨，老夫没有那么多耐心的。想明白了，就赶紧发个毒誓，一切服从我的调遣！否则，就去收尸……"

所谓毒誓，在动物界中，等同于与死神签约。

是万万不能背弃的。

9

德克望着现场一张张熟悉的面孔，他们正像一枚枚被牙签对准的浆果，无助而坚强。德克反抗的决心却在一点点地瓦解。

德克权衡再三，便不去顾及大家慷慨的劝阻，缓缓举起右手，就要按蟒蛇的意图发誓……一阵微风吹过，细沙多多少少迷了现场人的眼。不知哪个眼疾手快的，突然大叫一声："看！天空！"大家就暂时忘掉了眼前的险境，纷纷抬头朝天空张望。

那受了冷落的蟒蛇，虽然并不高兴，但也忍不住仰起袖口，一同望去。

乌鸦织成的黑幕下，正有一间小屋子凌空飞来。那屋子浑身散着绿莹莹的光芒，德克一眼就辨出了是自己的小行宫。只是这小行宫正悬挂在一个膨胀得很大很大的酒囊上。令酒囊膨胀起来的，是从小行宫的天窗上呼呼蹿出来的红色的火苗。

行宫过处，一条如虹的飘带蜿蜒在黑色的天幕里，亮丽极了。

小行宫稳稳地降落在梧桐树的树梢上，里面晃晃悠悠走出了一只打着小花伞的大白鹅，白鹅找了一截更加不安全的树枝站直，却比格林的袖口足足高出了一头。白鹅先朝头顶的乌鸦们打打招呼："乌鸦朋友们，苍天可鉴，我老白鹅这一路可都没晒过半点阳光，绝没违背先前的誓言啊！"

德克茫然失措间，不由惊呼了一声："大师！"

龙猫和黑猫也齐呼："先生！"

即便利器锁喉，弟子们并不忘朝着恩师拱手屈身，施以重礼。白鹅却只照顾了一下德克的心情："骨冠龙小子，你拜过老师吗？"

德克先是摇了摇头，但迅速又点了点头。妈妈就是德克的老师。无论从一大堆书籍里选出最优美的句子来描述春夏秋冬，还是看一眼星星就能准确无误辨得了方向……德克感觉妈妈就是位博学的老师，简直无所不能。

白鹅接下来的语气却并不轻松："老夫做了一辈子的老师，教出了无数个学生，他们大部分知书达礼，尊师重道，深得世人爱戴，但也不乏出现了个别愚蠢之徒……"说到这儿，白鹅的双眼已死死地盯在了两只鼓动的袖子上。

袖子又嘎嘎干笑几口："哟！前任驱魔师不在家乖乖养老，却也来凑这个热闹？您不是有长生术吗？怎么，也有了抢夺复活术的欲望？"

大白鹅摇摇头："不，老夫的欲望是在临死的时候，看看大海。"

"那你离看海也不远了！"袖子的语气突然霸道起来，"前任驱魔师把所有的法力传给下任驱魔师，从那一刻起，生死可就完全掌握在下任驱魔师手里了——这可是你亲口告诉我的，你都忘记了吗！"

"没忘，清楚得很……驱魔家训，就是以此来惩戒那些收徒不慎的师父的。"

蟒蛇可能觉得与一只白鹅对话实在索然无趣，竟然袖口一扭，朝向了树下的一群人质："诸位，我来自我介绍一下，其实呢，我并不是什么驯龙师，这个世上根本就不存在什么驯龙师，都是我凭空捏造出来的！"

德克想，这蟒蛇至少是白鹅口中的愚蠢之徒了，哪有把"凭空捏造"拿来自夸的！但看到妈妈的脸色越来越苍白，想到蟒蛇的自白必定与妈妈有莫大的干系，德克就赶紧回转了心思，用心聆听下去。

"而这位白鹅先生，就是鄙人的授业恩师，也就是前任驱魔师——大名鼎鼎的鸭嘴龙大师啊，当年的鸭嘴龙家族，那可神圣得很啊，他们常年垄断着驱魔法力，个个体形庞大，判善恶，断生杀，啧啧啧！实在是威风得不得了……嘿嘿，不过，现在也浓缩得挺标致的啊，瞧这小红掌儿、小白毛儿、小扁嘴儿，标致！"

蟒蛇耍了把小可爱："恩师啊，听说您总对自己的徒弟不满……我们究竟变成多么优秀，您才满意啊？"

"你们不需要有多优秀的……"白鹅说着，各瞟了龙猫与黑猫一眼，"你们只要能变成大多数人喜欢的样子，就足够了！"

"可我正在变成所有'人'喜欢的样子啊！我只要把格林村乃至整个沙漠的异种全部清除干净，让这儿成为干干净净的人类的世界，他们一定会越来越喜欢我。白大师，你不知道人类有多喜欢我，你不知道我们的结合有多么成功，我每次寄居在人类的身体里，都会享受到阳光、沙滩、美食、豪宅……恐龙能有什么，阴暗、潮湿、腥臭，一年到头见不得几次光，天一冷还得冬眠，跟一群土鳖有什么两样！"

白鹅突然很严肃地盯着蟒蛇："为师再劝你一句，现在回头，还来得及。你灭掉了所有的动物，这个世界，你和人类也独享不了。你们会在现实和记忆里都没了色彩，没了昼夜。你们多活一天，都只是在死寂的坟墓里多躺一天。即便你们能死而复活，长生不老，但那一定是度日如年……"说完这些，白鹅又用更加严厉的语气追加了一句，"……你别忘记了，你是一位驱魔

师，你可是在龙立方前立过毒誓的，如若违背了誓言，令驱魔家族蒙羞，你必遭灭顶之灾！"

抛却了肉身的蟒蛇，显然并不在乎遭雷劈之类的体罚："嘿嘿，老子可不喜欢被人要挟！"

白鹅眼色氤氲，轻叹一口气："那你当成敲诈好了……"

到这份上，蟒蛇的耐心基本也就用尽了，嘴里骂道："老白毛，麻烦滚远点，老子正忙着清除异种呢，虽然不想落个毁师灭祖的恶名，但也不敢保证不误伤到你啊。"

"嘿嘿，大蟒，你以为老夫只有培植孽徒的本事吗！"白鹅笑着，目光寻到德克时，却面色一凝，"龙小子，我耗时费力托梦给你的妈妈，让她转告你覆灭术的秘密，你都当作耳边风了吗！"

德克何等聪颖，不等白鹅话音落尽，伸手抓起一把缠在妈妈脖子上的黑烟，往鼻子上一嗅，口中扬声喝道："我以龙立方的名义，允你覆灭！"——覆灭，与"复活"法力背道而驰，对方抵触得越是激烈，法力越强！

锁住众人脖颈的黑烟，瞬间迸散。

蟒蛇显然有些恼怒，两只袖口齐刷刷朝白鹅扫去！白鹅竟借着一鼓戾气，手举花伞，轻飘飘落在了德克面前。身后的蟒蛇也不怠慢，两条衣袖再朝天空一甩，所有乌鸦变成的黑烟就随着衣袖的摆动，麻花一般地拧在了一起，越拧越粗，越拧越长，直到拧成了一条血口怒张的蟒蛇，比梧桐树都高出大半个身子，凶神恶煞一般扑来。

白鹅并不回头，只轻拍着德克的肩膀："带领大家，一起喊那句，覆灭咒语。"

德克心领神会，像座石碑一样把身子立得笔直，伸出一只胳膊和一根手指，直指蜿蜒在半空的蛇头，口中喝道："大家一起念——我以龙立方的名义，允你覆灭！"

德克喝完，大家便众声齐起。

"我以龙立方的名义，允你覆灭！"

那参差不齐的声音合在一处，竟然声如洪钟，震彻了天地，每个人面前的沙石随着喝声骤起，如一股股龙卷风汇聚于高空，形成了一个不停转动的沙球。地上的沙石源源不断地输入到那沙球之中，沙球便在旋转中迅速地成长。

不一会儿，沙球便大过了那黑蛇头几倍、十几倍、几十倍……

黑蟒蛇却并不退却，瞅个时机，蛇颈后仰，一腔黑烟便从蛇嘴里喷薄而出，那转了多时的沙球可就有了用武之地，唰的一声，薄成了一张巨大的沙饼，一整条蟒蛇连同它刚刚喷出的黑烟，竟被悉数包裹了起来。

大沙包再次恢复到先前的球形，继续旋转。等沙包上瞧不到一丝黑烟的时候，白鹅就举着小花伞，蹒跚上前，单掌竖在胸前。

占尽优势的白鹅，声音凝重而又哀婉："小蟒，当年，你只是鸭嘴龙妈妈好心收留的一枚孤蛋，你凭借自己的努力，在一群鸭嘴龙中脱颖而出，赢得了驱魔师的身份，获得了鸭嘴家族至高

无上的驱魔法力，何等荣耀。没想到，自从你失了制约，竟然渐渐蜕变，心魔滋生，为非作歹，残害无辜，不但为了一己之私利，缔造出一个非法的驱龙师组织，甚至还要罔顾天道，欺师灭祖。当年你跪在龙立方前，誓死守护恐龙血脉的初心何在！"

"我何尝不是为了驱魔师的未来！"沙袋中传出了一声咆哮，"这个沙漠已经够冷漠了，还让我们去守护这些冷血的爬虫，说我罔顾天道，老天不早就让恐龙灭绝了吗？我们还死死守护这几只残渣余孽，有什么意义！现在正是人类当道，我们驱魔师为何就不能改弦更张，为自己谋个前程！"

"你想谋前程，却失了驱魔师的本分，你为了让自己的游魂控制整个沙漠，就蛊惑人类在沙漠地下大凿隧道，破坏了多少本就匮乏的地下水脉；你为了让沙漠居民仇恨恐龙，就让君子城惯养霸王龙，激发他们体内的暴虐本性，然后四处传播；你为了讨好人类，不惜残害其他生灵的性命，以此来要挟身怀复活绝技的骨冠龙……你这孽畜，还有何脸面以我鸭嘴龙家族的驱魔师自诩！"

"你个老白毛！你闭嘴，你早就退休了！我才是这世上唯一的驱魔师……"

白鹅仰天一番苦笑，如沙漠上刮过的那些热烈而无情的一阵阵的风："我以第三代驱魔师的身份，收回你驱魔师的所有法力，包括你过期的寿命……小蟒，师徒一场，老夫已替你选好了你自己挖的隧道，它未必通向地狱，却一定是葬你的坟墓。"

悬在半空的沙袋，仿若受到了指令，如一颗硕大的流星，疾速冲进了霸王龙们"出土"时遗留的洞口。正在大家准备松一口气的时候，却自洞内传出了一句恶毒的指令：

"金嘴鸦，速速啄穿骨冠龙的心脏！"

没人来得及反应，那只凌空直下冲向德克的乌鸦，速度实在太快了！

现场只是一片无助的惊叫。

10

德克并没有躲开金嘴鸦这致命的一击。

蟒蛇亲自豢养的金嘴鸦，那只尖喙的确坚如金刚！况且乌鸦的利嘴离德克的心脏只有一米远的时候，那小子还在望着妈妈笑呢。

德克先后听到了两声惨叫，一声清脆，一声苍老。

德克先辨认出了妈妈的叫声，那是妈妈匆忙之中为自己守护胸口时，手掌被啄伤而发出的惨叫。德克几乎在同一时间辨认出了另一个声音，那是一只小小的白脖儿乌鸦被戳穿身体时发出的惨叫。

"小鸽子！"两只随后赶到的白脖乌鸦，摇身便与金嘴鸦扭打在了一起。

小鸽子虚弱地躺在德克妈的手心里，正感慨着这真是一个令人温暖的好妈妈。当初自己偷偷站在神庙的房梁上泄露了德克妈的藏身之地，这才背叛了家族，而且连累到全家人被驱离了鸦群，但小鸽子并不后悔。

德克迅速伏下身子，小心翼翼地掂起小鸽子的一只翅膀：
"丫头，赶紧画个'工'字，德克哥哥会救活你的，刚才你救了
哥哥，哥哥一会救活你的，赶紧画！"

小鸽子血流不止，但她并没按德克的指示画什么"工"字，
德克开始有些着急："赶紧画呀！小鸽子，你快画呀！"

"德克哥哥……"此时的小鸽子看上去却不怎么悲伤，反倒
像做完了一件蓄谋已久的大喜事，满脸地轻松，"德克哥哥，我
不想复活了……"

"你瞎说什么！"德克这才真正地焦躁起来，如果对方没了
复活的欲望，复活术是完全无效的。

"德克哥哥，我真的不想复活了，我不想再做乌鸦了，那些
乌鸦总说，恐龙是敌人。德克哥哥，我们不做敌人，我们不再分
开，好不好？我们下辈子，哪怕不做动物，我们只做两棵小草，
哪怕只做……春天里的……不分开的两棵小草，发芽儿……便
被牛儿啃掉，我们……也心甘情愿……我们也不恨牛……好不
好？"

小鸽子并没坚持到德克的回答。

德克一遍一遍声嘶力竭的复活咒语，也石沉大海，小鸽子的
身体依然一动不动，依然慢慢地冰凉起来，僵硬起来……德克正
在麻木地努力着，却只听一声撕心裂肺的哀叫，两只得胜的白脖
乌鸦凌空落下，双双叼起小鸽子的尸体，疾速飞去。

11

老格林的身体，早就从梧桐树上跌落了下来。

堂堂一位受尽尊敬的老村长，竟然跪在一只大白鹅面前哭个没完没了。老头儿哭得很认真，一把鼻涕一把泪的。看得出来，他很在行。

白鹅像个判官一样，罗列了很多格林的罪证，非但没收了格林作为山寨"驯龙师"的一切非法功力，还要收回近六百年的超标寿命。眼瞅着自己就要变作一堆骨头了，老格林赶紧把鼻涕、眼泪、哀号集体增了增量。

老格林好歹获了个法外开恩，可以活完这辈子，只是死后不得享用德克的复活术。

"德克妈妈，你获得的法力和六百岁的寿命，也是违法的，你还弄丢了三只优等恐龙，令他们至今冰封在立方罩内，不得复苏。你本来也可与格林一样，活完这辈子，但我需要用你的鲜血，来解冻栗园那三只恐龙，当然，我们驱魔师的任何法力，都必须当事人心甘情愿——献出你的鲜血，唤醒那三只恐龙，你愿意吗？"

德克妈片刻都没犹豫："我愿意，我当然愿意，救我自己的儿女，有什么可商量的！大师，我的血全部拿去，赶紧拿去救我的孩子！"

德克早已怒不可遏。

德克想：就知道这老只白毛会欺负孤儿寡母。那些法术是你

的徒弟违规传播的，关我妈妈什么事！说要收回我妈妈六百岁的寿命，妈妈哪有六百岁！格林村最老的一条狗好像也只活到了十六岁，妈妈即便是什么驯龙师，也不过多活上十六岁，她怎么会有六百岁？你看看她的头发、她的皱纹、她的牙齿，她哪有六百岁！你那蟒蛇徒弟和那个老格林，他们勾结乌鸦，把妈妈囚禁在破窑洞里，令她神志不清，健康受损，我不把账算你头上就罢了，还拿妈妈偶尔说的疯话和她佝偻的身形，诬陷她有六百岁！

这位驱魔师好像特别喜欢别人在他面前敢怒不敢言的样子，大白鹅微微笑着，看上去很享受。

就在德克拿不准主意是向大白鹅撒个泼还是撒个娇来保全妈妈性命的时候，那白鹅却已轻启扁嘴，吐出了一串诡异的"魔咒"——原本躲在德克羊皮袋里的那只树皮酒囊，仿佛变成了一只硕大的吸血水蛭，竟然一跃而出，准确地叮住了德克妈手掌处的伤口，咕咚咕咚地吮起了鲜血。

德克大叫着扑了过去，拼命撕扯那只大水蛭。

白鹅并不阻止，只是提醒德克，一旦皮囊被扯下，不但你的哥哥姐姐再无生机，你的妈妈也会即刻毙命。德克的眼睛里，就一下子含满了泪水和绝望。德克知道，那个变态的驱魔师是不会理会自己的哀求的，就懒得去求情。

但是，妈妈……德克轻轻地跪在地上，轻轻地抚摸着妈妈干枯的毛发，然后把自己的大脑袋轻轻地靠了上去。妈妈……德克嘴巴里一遍遍地低声呼唤着，温顺得像只小猫。德克像自己很小很小的时候经常做的那样，用力嗅着妈妈身上散发出的每一丝芳香。

那是一种多么神奇的味道，亲切，温馨，令人心安……

在这世间，独一无二。

12

德克知道，无论如何，自己是留不住妈妈的性命了。

自己历尽千辛万苦得来的复活术，正随着妈妈越来越苍白的脸色，变得毫无意义。德克想到这儿，眼泪就开始在眼眶里拼命地打转，德克目前的隐忍只是一种习惯，他一点都不想去阻止这些眼泪涌出自己的眼眶，他就想痛痛快快地大哭一场。

那驱魔师道行极深，怎会瞧不出德克的心思，便伸着长长的脖子，像个媒婆似的忠告："德克，老夫什么都可以帮你，但是，一旦你掉下一滴眼泪来，泪王子就会消散，你不但会失去帮别人复活的能力，连你自己也不得长生，你的心肠会降温，你的血液会冷却，你与一只壁虎的寿命差不了多少。"

德克并不去理会那只老冷血动物，只是慢慢抬起头，用一双含满了笑的眼睛，望着妈妈。

"妈妈，别听他的，我死不了。我只是失去那份讨厌的复活术而已，救不活你，我留着也没用。我的血不会冷的，妈妈您放心吧，我会背诵八字温血口诀，很简单的；而且，我还可以去偷皮囊里总也喝不完的栗子酒，那东西很暖身子；我还有您织的狗皮坎肩和老羚羊的羊皮大衣……妈妈，总之您不要担心我，我不

会冻死的。"

德克为了让妈妈放心，尽量把语气调节得轻松无比。

但接下去，就近乎苦苦地哀求了。

"所以妈妈，您要答应我一个小小的请求，您一定要答应我，让我痛痛快快地哭一场，我一定要哭一场的，您可不许生气，我一直都听妈妈的话，我不想伤了妈妈的心，但是，真的……妈妈，我真的需要痛痛快快地哭一场。"

这声音其实与哭泣已经没什么两样了。

"妈妈……我的整个胸口正疼得厉害，我的心脏像被刀子割碎了一样，我的鼻子也特别特别的酸，难受极了，他们都说冷血动物是不会流眼泪的，但是现在，我却想痛痛快快地哭一场，妈妈，您就点一下头，答应让我哭一场吧，妈妈，我就哭一小会儿，好不好？"

德克用了极轻极轻的声音，好像在与一只浅睡的小鸟儿商量一件很重要的事情，急需对方的许可，又怕惊醒了它。

德克妈早已没了点头或摇头的力气，也几乎不能再说一个字了。但德克妈还是在意识游离的那一瞬间，拼尽最后一丝力气，轻轻唤了声："德克……"德克妈腮上的两行浑浊的眼泪，并没流落到下巴，脑袋就沉沉地歪了过去。

德克用两只爪子扶了好多次，却都没扶正。

德克再叫了几声"妈妈"，期盼着妈妈点一下头或者再说点什么的时候，那只该死的大水蛭就鼓鼓囊囊地飞到了白鹅手中！德克就知道，妈妈已经彻底地走远了。

妈妈……这次是真真正正的，彻底地走远了。

德克叫了最后的一声"妈妈"，然后就暗暗发誓，有生之年，自己再也不会去喊一声"妈妈"了——这个世界上，自己再也不会有妈妈了。没有了妈妈，德克就不必去压抑那些心脏都被掏空了的悲伤了，也不必去忍耐那些在眼眶里拥挤了很久很久的眼泪了。

恐龙德克高高地仰起了脸庞，发出了一声声长啸。

随着那一声声的长啸，德克已然面如死灰，泪如雨下……

去他的复活术！

尾 声

　　德克迷上了医书，还救活了许多病入膏肓的居民，成了远近闻名的神医。

　　德克每天醒来，都会先放下一切烦恼。什么心事都不去想，只让那些温馨的回忆，慢慢涌上心头，直到生出一种昏昏欲睡的安详，却又不至于沾惹到窸窸窣窣的碎梦……就会感觉清静极了。

　　德克每次清静下来，都是为了想一会儿那只叫作"小鸽子"的乌鸦。

　　这天，还真有一群孩子嚷着看到一只受伤的小鸽子。德克匆匆赶了过去，那只伤了翅膀的小鸟，就蹲在村头招引凤凰的梧桐树上，气定神闲。德克只瞅了一眼。那并不是他的"小鸽子"，那压根就不是只乌鸦。它只会"咕咕咕"地叫，它应该是只货真价实的鸽子，它生得远没有乌鸦朴实，它的羽毛除了脖子上有一圈黑，其余全是刺眼的白。那脖子不停地扭动，就像养尊处优的手腕上戴了只木炭做的手镯。

德克收留了这只黑脖鸽子，但这并不影响自己每天醒来继续想念他的小乌鸦。

格林村头那棵负责招引凤凰的老梧桐，终于被老村长给熬死了。

但老村长也没熬过他家养的第二条大狼狗，来年刚开春就哮喘复发，不治身亡了。死前还用尽了德克所有的好药材。

村长静静地躺在刚刚干透的梧桐棺材里，大狼狗就在棺材外呜呜咽咽地趴着，垂眉顺耳，汤米不进，谁的劝慰都白搭。

任性得很。

当年，白鹅把驱魔法力传给了老羚羊。

老羚羊依然自称驯龙师，而现场就收了三名新弟子：龙猫十三，黑猫十三，兔子王。他们还自称"龙之队"，职责是按照驯化恐龙的模式，去驯化沙漠中孵化出的每一只冷血动物，令他们尽快生出一副热血心肠。师徒四人平时就各自带着一群驯化后的样板恐龙，天天游走于各个绿洲居住地之间。

自此，沙漠中就鲜有残忍暴虐之徒的出现。

恐龙倒真成了催祥纳瑞的象征。

德克的眼泪，的确融化了寄居于绿鼻子上的泪王子。

融化的泪王子再次凝固起来，居然恢复成了龙立方。龙立方在凝固之初，清晰地显现过一条隐规：如果骨冠龙为了任何一只

温血动物而自愿放弃复活术，证明恐龙基因已经与当前的物种融为了一体。自此，天下的恐龙血脉会自动升温，成为一种完全适应当下环境的新种恐龙——温血龙。他们将同温血动物们一样，拥有应对任何气温变化的能力……龙立方将继续留存于世，于我恐龙血脉有再造之恩者，逝后可休眠于此，择日复活。

这正是"复活地图"中，第四帧小图的含义所在。

德克妈躺在龙立方中，睡得很香。

德克发的誓言自然不敢违背，这辈子"妈妈"是不能叫了，他暗自改成了"妈咪"。德克变成了一个名副其实的"妈咪控"——他每天都会来到龙立方前，看一眼自己熟睡的妈咪。然后拉住遇到的每一个过路者倾诉：今天妈咪脸色很好，今天妈咪动了动睫毛，今天妈咪好像还笑了笑……待说到"今天妈咪喊了我好多次德克"，小白鸽就会及时跳出来解围，说自家主人又与昨晚的梦境混淆了，嘿嘿，别介意！"大龙城"的居民并没有一个去介意，他们每次都会停下脚步，双手合十，真诚地祝福德克妈能够早一天醒来……

多好的一条狗啊！

最后，"大龙城"的居民还总不吝多夸上一句。

噢，大龙城——

如今，整个沙漠已是飞艇纵横，行宫穿梭，各居住点虽然星罗棋布，却已被这些便利的交通工具织成了一张密不可分的大网。随着不同区域的居民之间越来越密集的信息传播、物资交流、婚姻互通，不出几年，所有的沙漠绿洲居住区，就凝聚成了一个庞大有序的人与动物的合居群落。

处处繁荣富庶，平等友爱。

世人皆称，大龙城！

图书在版编目（CIP）数据

恐龙德克之龙立方 / 黄鑫著. –– 南昌：百花洲文艺出版社, 2016.12
ISBN 978-7-5500-1967-6

Ⅰ. ①恐… Ⅱ. ①黄… Ⅲ. ①长篇小说 – 中国 – 当代 Ⅳ. ①I247.5

中国版本图书馆CIP数据核字（2016）第289115号

恐龙德克之龙立方

黄鑫 著

出 版 人	姚雪雪
责任编辑	王俊琴
书籍设计	黄敏俊
制　　作	何　丹
出版发行	百花洲文艺出版社
社　　址	南昌市红谷滩世贸路898号博能中心一期A座20楼
邮　　编	330038
经　　销	全国新华书店
印　　刷	江西千叶彩印有限公司
开　　本	720mm×1000mm　1/32　　印张　7.125
版　　次	2017年5月第1版第1次印刷
	2018年6月第2次印刷
字　　数	150千字
书　　号	ISBN 978-7-5500-1967-6
定　　价	25.00元

赣版权登字　05-2016-394

邮购联系　0791-86895108
网　　址　http://www.bhzwy.com
图书若有印装错误，影响阅读，可向承印厂联系调换。